ひとよ

長尾徳子
桑原裕子 原作

JN178343

集英社文庫

ひとよ

プロローグ

「お電話ありがとうございます。稲村《いなむら》タクシーです」

　街道で客を拾うということの少ない地方都市のタクシー会社にとって、電話は要《かなめ》だ。

　配車を受け付ける弓《ゆみ》の声はどんなときでもほがらかだ。

　稲村家の三人の子供たちにとって、弓はもう親戚のおばちゃん同然で、稲村タクシーの従業員としても、母の友人としても、つきあいは長い。

　稲村家の子供たちを、小さなころから必ず笑顔で迎えてくれる安全な大人が弓だった。

「ありがとうございます。お名前よろしいでしょうか。はい、田中《たなか》様、お時間確認致しますので、少々お待ちください」

　穏やかな弓の声と、部屋のスピーカーから聞こえる電話の保留音、そしてブラウン管テレビの音だけが響いていた。今日は三月だというのに冷たい雨が止《や》まず、客足が絶えない。

　タクシードライバーをしている母のこはるはまだ帰らない。

　稲村タクシーの営業所には、今日も稲村家の居間がはみ出していた。

　就職が内定した長男の大樹《だいき》は、ダイニングテーブルで、まだ線は細いけれど大きな背中を丸めて勉強しながら、ときおり無理やり体をひねってテレビを眺めていた。集中が途切れ手元のノートから目が離れると、つい指先が頭に向かう。

さっき無意識に噛《か》んだ中指の爪はギザギザで、頭に巻かれた包帯を引っかけてしまう。

「お兄ちゃん、包帯。いじったらダメだよ」

ふと、目の合った妹の園子《そのこ》が、咎《とが》めるでもなく見たままを呟《つぶや》く。

「わ、わかってる」

そう言いながらも、大樹は頭にぐるぐると巻かれた包帯が気になってしかたなく、さっと下ろした手をまたすぐに上げたが、ソファに体を沈めるように座ったまま、こちらをながめている妹の目を気にしてごまかした。ダイニングテーブルと来客用の応接セットのソファは、ほどよく離れているのに合図しやすいように配置されていて、よく目が合ってしまうのだ。

「園子、お、お前もあんまり切れたとこつつくな」

「別に、つついてないよ」

園子の細い指は、血の滲《にじ》む唇の端をなぞっていた。

もう何度も手鏡をのぞいては、眉を寄せて小さくため息をついている。

美容専門学校の入学が決まったお祝いに、友達とお揃《そろ》いで買った手鏡の中には、痣《あざ》の浮いた痛々しい少女の顔が映っていた。

ふたりとも、それ以上言葉を交わすことはなく、互いの姿を見まいと目を逸《そ》らす。稲村家の子供たちは、うんざりするほど、互いの痛みを想像できた。こういうときは見ないふりをしあう。

テレビの笑い声だけが、営業所の中に流れていた。

いきなりガラッと大きな音を立てて引き戸が開けられ、外から冷たい風が吹き込んできた。稲村タクシーの制服の上にジャンパーを着たままの母、こはるだった。化粧っけもなく艶のない黒髪はそっけなくまとめられており、一見すると性別がわからない。

頭や肩にかかった雪を勢いよく払うと、ジャンパーを脱ぎ、ハンガーにかける。母の周りからひやりとした空気が放たれたようで、大樹は首をすくめた。

電話中の弓がおかえりと目配せしながら手を挙げると、母は頷《うなず》いてドサッとダイニングテーブルに荷物を置いた。調剤薬局の袋と、ネギが飛び出したスーパーの袋の底には卵のパックが透けて見えていた。

「ご飯ある?」

母の問いかけに園子は答えないまま、さっと従業員用の流し台に立つ。冷蔵庫を開けると漬物のパックが入っていた。値引きのシールが貼られた惣菜《そうざい》は、今日はもう食べてしまった。

「弓ちゃん、今日もう上がっていいよ」

母が弓に声をかけると、弓は顔を正直に緩ませ、そそくさと携帯を取り出した。母の足はまっすぐに、包帯に頭を包まれた大樹のほうへ向かう。いつもより左の肩が下がっている母は床を踏みしめる足どりが妙に勇ましい。

「お夕飯、こっちで食べた？」

園子は母に答えず、代わりにポットの湯で味噌汁の素を溶いて渡した。営業所から続く中庭の奥の母屋の方を見ながら、ぼそりと言う。

「まだガラス、片してない」

園子は母のために、残り物のコロッケを、少しふてくされながら温めた。兄と弟に挟まれて育った園子は、母を真似《まね》るように、家族の世話を黙ってする。

就職も決まり、もうすぐ巣立とうかという長男を、まるで小学生のように案じて頭を引き寄せる母の顔は、どこかまだこわばっている。

「大ちゃん、頭見せてごらん。ああ、包帯いじっちゃダメだよ」

包帯がずれていないことと、血が滲んでいないことを確かめて、ようやく母はひとりでうんうんと頷いて、納得したようだった。

「閉めちゃっていいのー？」

弓だけが、いつもと変わらない呑気《のんき》な声をかけて、今日の幕を何事もなかったフリで閉じようと努《つと》めている。そうするしかないほど、この家では何度も繰り返されてきたことだったからだ。

　稲村家では、子供たちは繰り返し怪我《けが》をした。母のこはるも同じだ。

「いいよー」

　弓ちゃん、こはるちゃんと、今でもふたりは呼び合う。ふたりの間でだけ、時を止めて、足を踏ん張って今を生きるためだ。

「抗生物質もらってきたから。これ飲んだらジクジクしないからね」

　ここは狭い町だ。選ぶほど数のない病院は、人の目がある。目立つ怪我をした子供たちをさっさと帰らせて、母は配車の合間に、薬局で薬をもらって来たのだった。

「雄《ゆう》ちゃんは？」

　次男の雄二《ゆうじ》の姿がなかった。大樹が、営業所と母屋をつなぎそこねたような、小さな中庭の奥に続く、母屋の二階を見る。建て増ししたばかりの母屋へは、営業所と中庭を抜けなければ入れず、ひどく不便だった。

　母は頷いて、中庭に続く引き戸を開け大きな声で呼ぶ。

「雄ちゃん、雄ちゃん！　ちょっと来て！」

　もともと大きな母の声が、さらに大きくなる。母は中庭へと出て行き、母屋のドアを開けて二階の雄二を呼んでいる。

「雄ちゃん！」

雄二は母屋の二階の自室からまだ降りてこないようだ。

「お夕飯、園ちゃんが作ったの？」

園子が温め直したささやかな食事は、残しても明日のお弁当につめ込めるものばかりだ。

コートを羽織った弓が、園子と目を合わせてくしゃっと笑った。控えめに、園子は頷く。

母が他に気を取られているとき、いつも細やかに気がついて声をかけてくれる弓を、園子は慕っていた。

「よくできてるね」

「おにぎりは、母ちゃんが作ってくれたやつ。雄ちゃん、食べなかった」

園子の頬が、ようやく少し緩んだ。

「さむさむさむ！　雪だって。大雪だってさ、これから」

母が自分の体を抱くようにして、雄二を待たずに営業所へ戻ってきた。あれだけ呼べば、そのうち雄二も降りてくると踏んだようだ。雄二はときどきふてくされたように母に口答えはできても、無視なんてし通せたためしはないのだ。

「春なのにねえ」

弓が返すと、母はもう一度、自分の体をさすった。

「ねえ」

たしかに今夜は底冷えがして、冬に引き戻されたようだった。

「やっぱ、もうちょっといようか。これから混むでしょ」

「いいのいいの。こないださ、いったんチェーン外しちゃったから」

雪の夜道は危ないからと、母はだめだめと手を振る。もう何年も、母は爪に色をのせていない。タイヤのチェーンは、外すのもつけるのも、手間がかかる。

「ドライバーたちにも、帰るように言ったの」

たしかに今日は、もう誰も帰ってくる気配がない。

だから弓も帰りそびれてしまったのかもしれなかった。

「そう？」

「今日は閉めちゃう！」

にかっと大きく口の端を引いて笑って言い切る母に、弓はおおげさに手を合わせた。

「助かる！　今つぐみから電話でさ、迎えに来いって言うもんだから」

「つぐみちゃん、どこ行ってるの？」

「塾」

「こんな遅いのに」

週に何度も同じ会話を繰り返すふたりの聞き慣れた声は、外から入ってきた冷たい空気を暖めるような賑《にぎ》やかさを振りまいた。

「最近の学習塾はね、小学生でもこのくらいまでやるんだって」

「えらいねぇ」

「バスで帰ればいいのに、めんどくさがってさ。じゃあ、お先にすいません」

小走りに出ていくその背に、母は声をかけた。

「おつかれさま」

弓の帰ったのをみはからうように、スウェットのままの雄二が母屋から出てきた。中庭から営業所の引き戸のガラス窓をのぞいている。

「雄ちゃん、こっち来て」

きょろきょろと様子をうかがってから、ようやく入ってきた雄二の腕は、ギプスに固められ包帯でつられていた。子供たちが三人揃うと、たしかに痛々しすぎて、見ないふりもしがたい。

従業員がまだいるうちには、雄二は出るに出られなかったのだなと今さらながら、大樹と園子は納得した。

母はおもむろにテーブルに着くと、園子の用意した食事をしげしげと眺めた。

園子がお茶を淹《い》れてやると、母は手のひらを温めるように湯呑《ゆの》みを包み込んだ。

「園ちゃん、うまくできたね。おいしそうじゃないの」

「冷凍だよ」

雄二の好きなコーンクリームコロッケだ。よく特売になる。学校の帰りに、園子が買ってきた。雄二のカップラーメンを食べてしまって、ケンカしたときのことだ。

「あら、そう」

素っ気なく返しながらも、ちゃんと隣に座ってくれた園子の横で、母はぱちんと手を合わせた。稲村家の居間が営業所にはみ出しているのは、母屋からの避難所だということだけが、理由でもないのだ。子供たちが食事をする間は、仕事の手を休めることができないときも、母が隣でいてくれようとしてくれたからだ。

「いただきまーす」

母は、園子の用意した食事を次から次へと口へ放り込んだ。

「大ちゃん、テレビ消して。話あるから」

子供たちの顔は見ずに、ひたすら食べながら母は言う。大樹は、テレビを消す気になれずに、ただ黙り込んだ。

「大ちゃん」

重ねて促されて、ぎゅっとリモコンを握りしめた大樹は、ため息を吐いて諦めるとテレビを消した。

案の定、母が食事をする音以外しなくなってしまった。

だが、気まずいと思う間もなく、母があんぐりと口を開いて、コロッケを頬ばる。

「冷凍もわりといけるね。どこのやつ」

「わかんない」

園子が肘をついたまま、ちらりと目だけ向けて気のない返事をする間も、母は食べ続けた。

「コーンがね、冷凍っぽいけど」

「うん」

話があると言っておきながら、母は拍子抜けするようなどうでもいいことを口にし、大きく口を開けて、食べ続けるばかりだ。やがて、母はダイニングテーブルから少し離れた応接セットで黙って座っていた雄二を呼んだ。

「雄ちゃん、ちゃんとこっち来て」

雄二も、しぶしぶダイニングテーブルに着く。足を投げ出して座るので、背中がくたりと丸まっている。

「今日、学校は？」

雄二が、目を逸らしたまま頷いた。

十四歳になる雄二は、え、とか、は、とかすら声にしないときがある。

「え、行ってないよね？」

思わず言った園子と目が合い、雄二はまた頷いた。

「そう」

母は、咎めるでもなく、また箸を口に運んだ。

いっこうに話し出す気配のない母に、大樹が、何度か口を開きかけたあと、問うた。

「で、何？」

「え？」

顔を上げた母は、なんだっけみたいな顔をしたので、子供たちのほうがめんくらった。

「は、話」

大樹が促すと、母は、たった今思い出したような顔になった。

「ああ、うん」

子供たちは息を詰めて、続く言葉を待ったが、母はまたぎゅうぎゅうに食べものを口に詰め込んだ。

「え？」

園子が思わず母を見る。

ちょっと待て、とばかりに片手をあげる母を見て、大樹は再びテレビをつけようとするが、母は口の中の食べものを咀嚼《そしやく》して、ごくりと飲み込むとそれを制した。

「大樹」

大樹がしぶしぶリモコンを置く。

「園子、雄二、よく聞いてね」

なんなんだ、とうんざりしながらも、子供たちはそれぞれに母の言葉をさらに待った。

「母ちゃんさ、母ちゃん今日、父ちゃん殺したよ」

何を言い出したのか、誰も理解できなかった。

母の声が、ただの音の連なりになって、意味をなさないまま、部屋に響く。

「車で撥《は》ねてきた」

子供たちは、全員かぱっと口を開いた。

「は？」

雄二がかろうじて声を出した。

母は、雄二の食べそこなったおにぎりを引《ひ》っ掴《つか》むと、あんぐりと口を開け、かぶりついた。食べながら、堰《せき》を切ったように話し出す。

「あんたたちも、母ちゃんも、大嫌いだった父ちゃんだから。母ちゃん、今、誇らしいんだよ」

子供たちは、微動だにすることができず、ただ体を硬くして母の声を聞いていた。

「だから、うん。うん、そう。これから母ちゃん警察に行きますから。しばらく家を空けるけど、会社は進一郎《しんいちろう》おじちゃんが引き受けてくれるって言うから大丈夫。でもね、母ちゃんが人殺しだからといって、自分もやっていいなんて思っちゃダメだよ。母ちゃんは、父ちゃんだからやった。うんと、うーんと待った。父ちゃんのおじいちゃんとおばあちゃんが死ぬのを待った。父ちゃんが死んでも、悲しむ人がいなくなるまで待った。大ちゃんが大学決まるまで待った。園ちゃんが専門学校受かるまで待った。雄ちゃんが、雄ちゃんが高校」

雄二が顔を上げる。母は雄二と合わせた目を逸らさず、残っていたおにぎりをまた口に押し込んだ。

「卒業するまでは待てなかったけど。新しいおう、おう」

喉に詰まったおにぎりが母の言葉を止めたので、慌てて園子がお茶を手渡し、母はそのお茶に溺れそうな勢いで喉を鳴らして飲んだ。

「お家《うち》もね、建つまで待ったんだよ。園子、ありがとう」

湯呑みを置く母の手は、指先だけ妙に赤かった。

どれほど指に力を込めて、湯呑みを摑んでいるのか。雄二は気になってしかたがなかった。そんなことでも考えていないと、さっき目が合ったときの母の大きく開いた口の中の赤さが忘れられなくなりそうで怖かった。

それ以前に、自分たちは今、いったい何を聞かされているのか、まったくもってわからない。

「あの家は、大樹のものだよ。だけど、結婚したら園子に譲ること。園子が出てくなら、雄二に譲ること。雄ちゃんが、大学出るまでは、母ちゃんの貯金でやりくりなさい。大樹は自分の生活は、お給料でまかなうようにね」

大樹はどうにかゆっくり首を回して建ったばかりの母屋のほうを見て、園子は何か言おうとして言葉にならず喉を鳴らし、雄二は頭の中で必死に文字を言葉にしようとするときのクセで唇を震わせていた。

「それで」

母が大きく息を吐いて吸った。順序が逆だ。雄二はそう思ったが唇を震わせるばかりで、やはり言葉にはならなかった。

「それで今後なんだけど、母ちゃんは警察に行って、うっかり父ちゃんを撥ねちゃったと説明します。車をガレージに入れようとしたとき、後ろにいる父ちゃんに気づかず、うっかり」

「ガレージ！」

喉に詰まっていた園子の声が言葉になった。立ち上がった勢いで、椅子が倒れる。

母はしばらく黙り込んだ。そして、今度はちゃんと息を吸って、吐いた。

「そう。父ちゃん、ガレージにいるよ。いるよというか、ある」

園子も雄二も、口を開くばかりで言葉が声になって出てこない。

かろうじて、大樹が「あ、あ」と言ったが、言葉にならず、口を閉じてヒュッと喉を鳴らした。

「その夜、母ちゃんは仕事が終わって、車をガレージに入れようとしたとき、後ろにいる父ちゃんに気づかずうっかり」

母だけが一人でしゃべり続けている。子供たちは、浅い息をつなぐのがやっとだ。園子はときおり水の中から顔を出すように、大きく息を吸った。

声を出すことも動くこともできないままの子供たちの前で、母の言葉を止めたのは湯呑みだった。体を机で支えるようについた手が、湯呑みを倒してしまう。

「あ、ごめんごめん。ごめん」

転がった湯呑みから、残っていたお茶がダイニングテーブルに広がってゆく。

呪いが解けたかのように、固まっていた園子がさっと台拭きをとって、母に渡す。

母はいつもと同じ仕草で、ダイニングテーブルを綺麗《きれい》に拭いた。

「基本的には、うっかりで過失致死？　狙おうと思うけど、もしダメだったとしても懲役、七年くらいかな。もっと短いかもしれないけど、色々と、万が一のことを考えて、牢屋《ろうや》？　刑務所？　に入って、出所？　しても、すぐには帰らないほうがいいと思うのね。ほとぼりが冷めるまで、ざっくり見積もりまして、そうね、十年」

いやいやいやと、首を振り、母は言い直した。

「十五年。十五年経ったら、母ちゃん戻ってきますから。必ずね。それまでは絶対、刑務所に会いに来たり、刑務所を出る母ちゃんを迎えに来たり、刑務所を出た母ちゃんを捜したりしない」

園子がたまらずに、嗚咽《おえつ》を漏らす。泣きたいのは、大樹も雄二も同じだった。

「園ちゃん、泣かないの」

子供たちは全員思った。

無茶言うな。

けれど、息が詰まって言葉にはならなかった。

「もう父ちゃんいないんだから。誰もこんなさ」

母は、痛いの痛いの飛んでいけとばかりに子供たちの怪我を、優しく撫《な》でる。

「こんな怪我、もうさせないんだから」

母の目は、まったく揺れないのに、妙にぎらぎらと光っていた。

園子は、喉からおかしな音を出して、泣き出した。

「母ちゃんまた帰ってきて、タクシーやるんだから。ね？　園ちゃん」

園子は何度も何度も、本当に何度も頷いていた。

もう、わけがわからなくなっているのだろう。たぶん全員、同じだ。

「ね？　だからね、母ちゃん今、すっごく」

母は、ぎゅうっと強く園子を抱きしめた。

大樹の体は、どんどん傾《かし》いでしまって、どうにもならないみたいだった。

痛いとき苦しいとき、そしてどうしようもなく悲しいとき、大樹の体は右に傾いでいくのを止められなくなる。

「すっごく、誇らしいんだよ」

雄二はそれを眺め、母はもうここにいないみたいだと思いながら、母の晴れやかな声を聞いた。実際にいなくなったのは、どうやら父であるらしいのだけれど。

子供たちは、呆然と母の声を聞いている。母の声が聞こえているのに、何を言っているのか、よくわからなかった。

「あ、そうだ！　そうだよ、警察行く前にやることあったんだった！」

「え？」

「母ちゃん、これからご飯作るから」

今夜だけで、稲村家の子供たちは何度耳を疑っただろう。

「は？」

「いろいろ、作り置きしておくから」

「は？　ねえ、ちょっと何言ってんの！」

園子は涙と鼻水でぐちゃぐちゃの顔のまま、キレた。大樹も雄二も、キレ遅れただけで、同じ気持ちだった。

「ネギは、刻んで冷凍しとくから。味噌汁用にね。ラーメンに入れるときは、卵と一緒に入れるんだよ。昼間はもう卵なんか二度と買うもんかって思ったんだよ、だけどさ、悔しいじゃないの。だからもう一回行って買ってきてやったんだよ、特売の卵。父ちゃんのせいで、割れちゃったからさ」

「何してんの」

雄二がかすれた声をしぼり出す。

母はぶつぶつと口の中で呟いていた。

「その夜」

「何言ってんの」

園子が震える声で問うた。

引っ摑んだネギを一心不乱に刻み、卵を割りかしゃかしゃとかき混ぜながら、母は自供の予行演習をしていたのだった。

「その夜、母ちゃんは仕事が終わって、車をガレージに入れようとしたとき、後ろにいる父ちゃんに気づかずうっかり」

稲村家の子供たちは、もうそれ以上声を出すこともできず、ただ立ち尽くして、そのうちにみんなへなへなと膝の力が抜けて座り込んだ。

その間も母は、まるで旅行の前日のように忙しなく準備を整えていく。あげくに、あんたたちそんなとこ座ってると冷えるわよと、へばりつくようにしてひとりずつ抱き込んでダイニングテーブルの椅子に座らせて回った。

母の体温を感じながら、子供たちは、そうじゃない、そういうことじゃないと思いながら、されるがまま、呆然《ぼうぜん》とするばかりだった。

「さてと。じゃあね、行ってきます」

行ってきますということは、やはり先程の宣言どおりに、時間が経てば母は帰ってくるのだろうか。

子供たちは誰も、その問いを口にすることができなかった。

力の抜けてしまった膝では、立ち上がって母を追うこともできない。

何より、ガレージには「ある」のだ。「いる」のだ。

三人とも、ここから出ることが、ただ怖かった。

母は冷めるまでフタ閉めちゃダメよと言い残し、ダイニングテーブルの上にはありったけのタッパーにつめられたおかずがのっていた。

雄二の好きなハンバーグ、大樹の好きな玉ネギ多めの生姜焼《しょうが》き。園子の好きなケチャップにコーヒーフレッシュを入れたナポリタン。どれも子供たちの好きなものばかりだ。自首する前に母の作っていったものは、どうしても口にすることができなかった。見かねた弓が、子供たちの代わりにこっそり片付けてくれた。

あの夜、行ってきますと告げた母の声と顔は、晴れ晴れとしていた。

新学期になると、いつもあんなふうに、行ってらっしゃいと送り出されたなと、雄二は思い出した。

園子にも、大樹にも、言えなかったけれど。

第一章

1

稲丸《いなまる》タクシーに、この三月から新しく中年のドライバーが雇われた。細身だが上背のある男で、名を堂下《どうした》といった。頬骨が高く、落ちくぼんだ大きな目をしている。

革のハンドルを握りしめたまま、どうしても力の入ってしまう両手のひらが汗ばんでくる。

指導係の歌川《うたがわ》という若者に、堂下は車に乗ってからほぼずっと叱られていた。だが、それは必ずしも堂下の不慣れさが原因ではなかった。

歌川のドライバー歴はまだ若造だが、なかなかのものらしい。少なくとも、態度はベテランだ。

堂下は自分よりずっと年下の歌川の片足が、後部座席から突き出して隣の助手席の背もたれに乗ったままなのを、不快に思うよりも懐かしく思う。自分も若いころ、同じようにいきがっていたことがあった。

長身の自分はなんなく足を乗せられたが、歌川はシートからずりさがって、ようやく踵《かかと》を引っ掛けている。

歌川は後部座席で電話をかけながら、切ると繰り返すばかりで、会話が終わる気配はない。女をなだめるのは、いつものことのようだった。

「切るよ。もう切るよって……、だからそんなのわかんねえじゃん。夜通し起きてたって。つか、朝になるよ。お前も少し寝な」

腕時計を見ながら優しい声を出したと思ったら、大きく舌打ちをする。

「あー、右ね、右」

どうやら、堂下はまた道を間違えたらしい。

「はい」

我ながら、神妙な声が出せるものだ。堂下は、ため息を噛み殺して答えた。何度目だ。

「右だよ」

「次の角を右で？」

何事も確認が必要だ。

「違う。今、抜けたとこ右だよ」

「あ」

だが、どうにもタイミングが合わない。

「なにやってんの」

「すいません」

　ようやく得た職の、新人研修だ。タクシーの客は、きっと今と大差ないほど理不尽なことも言うだろう。とはいえ、堂下は正直なところ、運転じたい久しぶりなのだ。

「や、お前じゃねえよ……。え？　俺？　仕事だから、今。いやいやいや、だから今仕事、うん……どこも行かないよ、こんな時間に。そこ左入って」

「え、右ではなくて？」

　電話で女と揉《も》めながら出される指示は遅い。実にリアルな研修だった。

「そっからUターンすりゃいいだろっての」

　はたして、そこからとはどこだろうと、キョロキョロと見回しながらうろたえる。

「あ、あ」

　慌てる堂下を、歌川がミラー越しにちらりと見た。

「もういいよ」

「すいません」

　そもそも、もういいよは電話の女をなだめているのか、自分に言っているのか。

「もしもし」

　堂下は、着慣れない制服のシャツが汗を吸ってまとわりつき、冷えていくのが不快でならなかった。

「つ、次のところ、右曲がりますから」

「一通だろ、次は」

「あ」

「てか、あんたほんとに道わかってる？」

わからない。もちろん、わからないのだが、それは言わずにおく。

「すいません」

「ナビ見なよ、ナビ。だからさ、そんなに出てくのが心配なら鎖で繋《つな》いどけよ。ひどいって、じゃあなんて言えばいいの。……忘れたわけじゃねえって。お前のこと忘れるかよ」

道を探り当てるのにもくたびれてきていた堂下は、つい会話を追ってしまう。

歌川の女は、ただ駄々を捏《こ》ねて、気を引いているわけでもなさそうだった。

「どんだけお前が世話してるんだよ、飯作ってさ、愚痴聞いて、シモの世話して……、だーからどうしてその道入るの？」

「え、ナビに」

操作を誤ったのだろうか。いや、そもそも、このナビはわかりにくい。

「国道出るならもう一個先の裏道だよ。ったく、常識だろ」

この見知らぬ町の常識は、いったいいくつあるのだろうか。

国道とやらを、ナビで確認する。この道でも大丈夫な気がするが、違うらしい。

「ごめんごめん。もしもし？　はー……、切っちゃうのね」

堂下も、同じようにあからさまなため息を吐いてしまいたかったが、咳払いでごまかす。

「……怒っちゃダメよ」

歌川の声はもう切れた電話の相手には届かないのだが、聞かせてやりたくなる。ささやかな、子守歌でも歌うような声だった。

自分はこんな声をついぞ出したことがない。

子守歌も、思えば歌ったことがない。

「堂下さん」

「え？　いや俺ですか？」

咎められるのかと身構えると、歌川はずいぶんと人懐っこく、くしゃりと笑った。

堂下は、つられたように口角をにいっと引き上げる。

「ムッとしてるでしょ。はははは……でもさ、こんな客いっぱいいるから気にしないの。客はさ、たかだか百円二百円まけさせるのに、いろいろ言ってくるもんだよ」

「はい」

なるほど。

妙に腑《ふ》に落ちて、耳を傾ける。

「適当にあしらって、ワンメーターくらいまけてやりゃいいんだよ。日頃の鬱憤の吐きどころがわからないような? 人の良さそうなやつにかぎって愚痴愚痴からんでくるもんなんだよ」

そんな客には、うんざりさせられているだろうに、彼らを蔑んでいる様子は歌川にはなく、単なる申し送りのように話した。

「はい」

「そういうときは便器ね」

「は?」

からりと明るく言い放たれた言葉を、つい聞き返してしまった。

「俺たちはこいつらにとって便器なんだと思って、ゲロみたいな話黙って聞いてやりゃいいの」

明るい、呑気な声で歌川は言う。

「はあ」

堂下は他に言いようもなく、適当に答えながら、歌川をミラー越しに見る。口の中から腹の中まで見えてしまいそうなほど、くったくのない大きなあくびをして、歌川はこの研修に、唐突に幕を引いた。

「そろそろ上がろうか」

「はい」

歌川の手元から、スマホの振動音が響く。

「……夜中にさ」

「はい」

うつむいて、手元の震えるスマホを見つめる歌川に気をとられていると、目の前のフロントガラスの先に人影が突然現れ、堂下は息を呑む。目を見開いてこちらを見た中年の女性は、さっと顔を前に向け、再び歩き出した。

「ばあちゃん、ぼけちゃって。出てっちゃうんだって。俺の女んちの」

「あ、ああ」

派手な登山ウエアを着込み、大きなリュックを背負った女は、ずんずんと歩いて行く。こんな夜中にどこへ行くのだろう。夜道の運転の研修はいろんなことが起こりがちだけど、まあ、慌てずにねと歌川はキーを渡しながら言っていたと思い出す。

「どこ行くと思う？」

「……どこでしょう」

女はどんどん小さくなって、離れていく。

「堂下さんは？」

「え？」

バックミラー越しに、歌川と目が合う。

「どっから逃げてきたの」

「……いや」

その先は、声にならない。歌川のスマホは、まだ震え続けていた。

「なんてね」

にかっと歯を出して笑う歌川の目を見ていられなくて、さっき見た女の姿を探したが、もう真っ暗闇しか見えなかった。

「もしもし？　や、だから忘れたわけじゃねえって。ばあちゃんは？」

こんな夜に、ひとりで、どこに行くあてがあるのだろう。

堂下がハンドルを握り直す。

窓の外で、強い風が吹いたのか、木々が大きく揺れていた。

2

遠くで電話が鳴っている音がしたが、雄二は出る気になれないでいた。

こんな時間にかかってくる電話は、ろくな内容ではないと知っていたからだ。せっかく仕上げた記事の差し替えか、ろくでもない下世話な取材の代打か。

どちらにせよ、雄二にとって、望んだ知らせではない。

だが、望んだ知らせを聞くことなど、今まであっただろうか。

母が父を殺したあの夜が明けてから、雄二はずっと、電話の音が嫌いなままだ。

「……う」

それにしても、しつこい電話だ。

いや、違う。ここは、出入りの編集部でもなければ、畳の浮いた自分の部屋でもない。そうだ。そうだった。起きなければ。

「お電話ありがとうございます。稲丸タクシーです」

男の少しかすれた明るい声が電話に応じた。

雄二は、がばりと突っ伏していた体を起こした。

「はい、はい。そうです。稲丸タクシー担当の丸井《まるい》でございます」

「………う」

雄二が目を開けると、女の顔があった。

「雄ちゃん、顔。線、ついてる」

知った顔だった。

記憶の中にある少女の顔に似ていた。目の前の大人の女の顔が笑って、その化粧した顔に幼なじみの面影が戻る。真貴《まき》は笑うと、少しきつめの顔が可愛くなるのだ。そうだ。思い出した。ここは東京じゃない。あの、煙にいぶされたような編集部でもなければ、電話も目覚ましも洗濯機の音も、自分の部屋なのか隣なのか、ろくに区別のつかない湿ったアパートでもない。

「……今、何時？」

「朝の五時過ぎ」

見回してみて、くらくらした。ここは、あの日の夜のまま、名前以外なにも変わっていない。父と母が始めた稲村タクシーは、稲丸タクシーに名前を変えた。けれど、今、雄二のいるダイニングテーブルも応接セットも、壁に貼ってある注意書きも、カレンダーの広告まで、時間が止まったように変わっていない。そして、「稲村タクシー」の名前入りの車両も一台だけ残っている。

もう稲村という名ではなくなったものの、ここはたしかに実家だ。稲丸タクシー会社の営業所だ。こんな時間にも電話があることに、帰って来た実感がわく。

「三坂《みさか》の停留所」

電話を保留にして、社長の進《すすむ》が、ドライバーの真貴に声をかける。真貴は片手をパーの形に開いて、もう片方の手でチョキを作る。

「七分前後でお迎えに上がります」

真貴が髪をまとめて出かける準備を始めた。

「まだ仕事？」

雄二が、こんな時間までと古びた時計を見る。

「うん。もう上がるつもりだったんだけど」

なんだか、三人とももう姿は大人になっているのに、高校のころに戻ったみたいで不思議だった。真面目なようでいて、ふざけるのが好きな少し年上の小柄なのに腕も足も太い進と、昔から髪の綺麗《きれい》な強がりの真貴と。

「……はい、停留所の前でお待ちください」

「女の子なのに、こんな夜中まで働くんだ」

雄二は、ひとくくりにされた真貴の髪を指で揺らした。ふたりにずいぶんと助けられた。教室で、町で、病院で。顔を見ると、いつもほっとした。進のごつごつとした顔が、笑うとタヌキの置物のように愛嬌が出て、つられて笑ってしまうのだ。

「ありがとうございましたー」

「雄ちゃん、部屋で寝たら？」

真貴は、脱いだばかりの制服の上着をとった。

「ないんだよね、俺の部屋」

「え？　ああ、姪《めい》っ子に取られたもんね」

制服の胸のボタンを留めながら、真貴は笑った。

「俺の部屋、レースの蚊帳みたいなの、吊《つ》ってあるもん」

姪っ子の趣味なのか、兄嫁の趣味なのか、違和感がありすぎて、ドアを開けたときは、黙ってそのまま見なかったふりをして、ここに来て。そうだ、それでそのまま寝てしまったのだ。

雄二は、記憶を整理しながら、法要のときに見た兄と姉の顔を思い出した。

「長く家空けるから。いいじゃん、子供部屋で寝れば。どうせ、今いないんだし」

「落ち着かないよ？　リカちゃんやバービーが、キラキラこっち見てると」

落ち着かないというより、怖かった。姉の園子の女子部屋とは全然違う、現実感の薄い、絵空事のような客間は入ったら出られないみたいで息がつまる。

「……はい、準備準備。いるなら電話出てよ」

「ごめん」

真貴をせかす進に、雄二は謝った。

「いやいや、雄ちゃんはいいの。疲れてるんだから」

「あたし、ドライバーだし。電話とるの、好きじゃないのよね」

「好きとか嫌いとかじゃないでしょ。電話は要！　配車しなきゃ商売にならないんだから」

進は昔から、浮かれたことを言うわりに地に足がついていた。シラけさせるなと、進は真貴によく小突かれていた。

「三坂ね。なにさん？」

「ん……？」

「名前」

「あー……、ごめん、また聞き忘れた」

「もー」

久しぶりだ。真貴の口癖だった。たいていのことは、「もー」で許してくれる。そして、真貴の名字は牛九《うしく》だ。

「しまったなー」

「電話は要だろ？　しっかりしろ、社長」

真貴は、昔から優しい。そして口が悪い。照れ屋だからだろう。

「だって、電話番、僕の担当じゃないんだもん」

「社長、何年いんだよ」

真貴は腰に手を当て、仁王立ちで進を叱りとばしている。

「すいません」

進がしょんぼりと肩を落としてみせるが、真貴は、さらに言いたいことを言った。

「増やせよ、新しい電話番。弓さん、家のこともあるんだからさ」

「求人出しても、このご時世、なかなか見つからないんです！」

進の声の思わぬ強さに、何度も何度も、この会社のために骨を折ってくれただろうことを思い、雄二の口はつい緩んだ。

「俺がやるよ」

雄二には、そういうところがあった。姉の園子にも、兄の大樹にも、そういうところがたぶんある。場を取り繕うことが、痛い目を見ないための、手段だった。だからなのか、性格なのかは、雄二自身にもわからなかった。

「雄ちゃんは、いいんだよ。疲れてるんだから」

真貴ににらまれて、進が慌てて大げさに言う。

「そうだよ、雄二はいいの」

そうだった。こんなふうに、甘やかされていたのだった。

「帰ってすぐに法要でさあ。大変だったじゃない」

「ねえ」

「しばらくのんびりすればいいんだよ、実家なんだし」

「のんびりね」

だから、いたたまれなくて。でも、東京のアパートより、今この場所は、想像していたほど居心地が悪くない。

「ありがとう。なんか、すごい……気使ってもらっちゃって」

「あ、いや」

「ねえ、七分。早く出てよ」

「ほんとは五分で行けるし」

真貴が髪をかきあげてみせた。

「……なんだか素敵に髪たなびかせちゃってさ。ファサーッて。わたしよって？　わたしが稲丸のスピードレーサーよ、って？　安全運転お願いしますよ、ほんとじゃれるようなふたりのやりとりを、電話の音が止めた。

「社長。また電話……イタズラじゃないよね？」

「まともまとも。お電話ありがとうございます。稲丸タクシー、担当の丸井でございます」

電話を取るなり、よそゆきの声を出す。

「……イタズラ？」

「たまに、イタズラで車呼び出すやつがいるの」

「ふうん……」

「気になる？　電話」

「ん？　ううん」

気にならないはずがない。イタズラ電話を案じないわけもない。

「……今度は、雄ちゃんいつまでいるの？」

「え？」

「また、すぐ東京帰っちゃうんでしょ」

話題を変えようとしてというより、本当に気になるようだ。

「いや……だから……しばらくいるよ」

「え？」

「だから、俺、電話番やろうかって」

真貴の顔が、ぱっと明るくなる。

「……仕事は？」

「こっちでもできるし」

そうだ。たしかにできる。やる気さえあればできるだろう。けれど、本当にやる気力は、今の雄二にはない。

「そう。……雄ちゃん、東京、戻らないんだ」

「ほら、七分でしょ」

早く早くと進が真貴を急かす。

「三分で行けるから！」

真貴は少し浮かれた様子で、出て行った。その背を、電話を終えた進がにやにやと見送る。

「わかりやすいよな。モーは」

「え？」

「まだ好きなんだよ、雄ちゃんのこと」

「そんなんじゃないでしょ」

雄二は、否定しながら、そうかもなと思う。まだ真貴を、モーと呼んでもいいのだ。

「そんなんだよ。ああいうとき見せるいたいけな微笑《ほほえ》み。少女のときから変わらないもん。俺も、好きだったよ……」

「え、モーのこと？」

思いのほか、しみじみと言う進を見て、記憶を辿《たど》る。進はしょっちゅう、真貴に小突かれていたように記憶しているが、進の中ではまた違う思い出が積み上げられていたようだ。

「あるじゃない？　いとこんちに出入りする、ちょっと不良な女の子に寄せる淡い恋心。やせてさあ、ちっちゃくて。気の強いところが、また可愛くて」

「そんなふうに思ってたんだ」

そうだった。今でこそ、すらっと背の高い女性になったが、真貴は少女のころは、たしかにいたいけなところもあったかもしれない。……なかったかもしれない。

「ところが、いつの間にか、ぐんぐんぐんぐん大きくなっちゃってさ。……心はいつだって、雄ちゃんのもの……切なかった」

出て行ったはずの真貴が、ガラリと営業所の引き戸を開けて、進を見る。

「おい、社長」

「うわっ、はい」

「ガレージ。開いてるよ、また。閉めとけよ、備品盗まれっから」

「やっとくやっとく」

真貴は、雄二と目が合うと取り繕うように笑って、また颯爽《さっそう》と出ていってしまった。

「……今じゃすっかり、怖くなっちゃって」

そう言いながら、進は真貴にぞんざいに扱われても、言うことは言うし、仲良くやっているようだった。

「そういえば、今の電話は？」

「ああ」

ふん、と鼻から息を吐き、肩をすくめる進を見て、雄二の胸がざわりと騒ぐ。

「なに？」

「イタズラよ」

やっぱりか、と雄二は思う。

「いいのいいの。ときどきあるんだよ、特に毎年この時期は……あ、いや」

「ああ」

「ごめん」

進の顔が、急に笑顔が消える。笑っていない進の顔は、大人びて精悍だった。毎年のことなのだ。この家は、雄二が去った後も変わらず、母親が父親を殺した家なのだ。

「いいよ、どんなのがあるの？」

「え、……いや」

進は、言いよどんで日に焼けた首をかく。

「たとえば？」

進が言葉に詰まっていると、唐突に営業所の引き戸が開く。ここの制服を着た背の高い男がふたりに会釈だけして、仮眠室へと入っていくと、何かにつまずきでもしたのか、わっと声を上げた。

「こないだなんか、ふざけたのがあったよ。外国人でさ」

進は、おどけたような声を出した。

「外国人？」

「いや、外国人の真似してるみたいな、変な片言。で、道順教えてくれって言うんだけど、どっからですかって聞いたら、ニセコって。ニセコって北海道だよ？　行けるわけねえだろって。ふざけんなって言っちゃったもん」

「ああ」

それはまたわかりやすいイタズラだ。たぶん、まだいいほうの。

「一瞬、お化けかなって、期待したのにさ」

「お化け？」

のっそりと仮眠室から引き返してきた男が、怪訝《けげん》そうな顔で呟く。

「ん？　堂下さん、なんか言った？」

笑顔で進が聞き返すと、男は恐縮した。

「あ、すいません。お化けって、なんの話かなと」

「ああ。遠くまで送迎することをね、タクシー業界じゃお化けが出たって言うんですよ。東京までとか言われたらね、ラッキー、お化けが出たなんてふうにね」

進のお化けの話を、男は興味深そうに聞いている。

「へえ……」

なぜか、男の肩から緊張が抜けたようで、雄二は意外なものを見た気がした。この堂下さんとやらは、オカルトが苦手らしい。

「堂下さんにも、早く出たらいいよね、お化け」

「はい」

「雄ちゃん、こちら新人ドライバーの堂下さん。ちゃんと紹介してなかったよね」

「あ、はい。堂下です」

紹介された男は、大きな背をわざわざ丸めて、雄二にも律儀に頭を下げた。

「こっちは、ここんちの次男。俺のいとこで、雄二くん」

「どうも」

雄二も、ぎこちなく頭を下げる。

「雄ちゃん、ここで働くから」

「そうですか」

「さっきの話ほんとだよね？　東京戻らなくていいの？　あ、今はどこでもできるか、雄ちゃんの仕事ならさ」

「運転は無理だよ。免許ないから」

「いいのいいの、電話番で。夜だけ、仕事しながらでいいしさ」

「うん」

「雄ちゃん、フリーライターでね。東京でさ」

「ああ」

少し得意げに語る進に、堂下の目も加わって、雄二は慌てて否定した。

「いや、違うって。ただのテープ起こしだって」

「テープ起こし？」

「いや、あの……インタビューやなんか、音声で録《と》ったやつを文字に起こす……」

言いながら、どんどん、声が小さくなっていくのが情けなかった。

「ライターじゃないの、それは」

「全然違うよ。目指してるだけだから」

目指すのと、なるのは違った。東京に行くのと、東京で生計を立てるのが、まるで違うように。

「ライターだよ！」

「言い張られてもな」

思わず、雄二は笑った。かなわない。雄二は、ここで地に足をつけて社長を務め上げている進が、眩《まぶ》しく感じた。

もうひとり、パジャマのままの大きな男が、今度は営業所と母屋をつなぐ中庭にのそりと姿を見せた。

「あ、あれがここんちの長男ね。大樹くん。中庭にあんなかっこで出ちゃって寒くないのかね。ま、今はそっとしとくほうがいいのか」

大樹は中庭の椅子に腰掛けて、マグカップを片手に、ぼんやりとしていた。

「そういえば、歌川くんは？　堂下さん、実車の研修受けてたんだよね。あの人、サボっちゃった？」

「いや、もう戻ってくると思います。帰りがけ、園子さんから電話あって」

歌川も、真貴と同じく、雄二とは気心の知れた仲だ。

「ああ」

「スナックまで迎えに」

姉の園子は、この町を出ていかず、目指していた美容師にもならず、兄と違って、伴侶を見つけることもなく、それでも勤めているスナックでは人気者のようだった。

「……私物化。タクシーの私物化！　お宅のお姉さん、いつもこれですよ」

「ごめんね」

雄二は、あやまりながら笑った。

「歩いて帰れる距離なのに、迎えよこせだもん」

「でも、下の道、女の人は怖いですよ、暗いし」

堂下が、研修を終えたばかりだからか、道の暗さを案じた。

「脇の登山道入ればすぐだよ？」

「けっこういるけどね。夜でもそこの山登る人」

雄二の言葉に堂下がほっとしたような顔をする。

「ああ、そうなんですね。さっきも見ましたよ。でっかい登山リュック背負って」

「この寒いのに」

雄二には理解できない。わざわざ寒い思いをしに行くなんて。

「日の出、目指すんでしょうかね」

夜が明けてしまう。

そう思うと、雄二の体は重くなった。

長い一日だった。

けれど、あっという間だった。

「へっ、物好きだ」

進が言う。さっきからめくり出した帳簿がうまく合わないのかもしれない。

「それに、今日はかなり園子さん……」

「酔ってんだ？」

「みたいです。電話、ほとんど何言ってるかわからないって、歌川さんが」

「まあ、……今日はね」

雄二は、席を立って中庭の兄のそばへ行く。

「毎年恒例みたいなものだからな」

「恒例ですか」

背中越しに、進と堂下の声が聞こえた。

あの夜から、十五年が経った。

寒空の下、兄が、雨ざらしのままの半分壊れたような座り心地の悪い椅子にぼんやり座り込むのも無理はない。姉が、過ぎるほど酔っ払うのも。そして、雄二がなんとなく、ぬるい団らんの中に身を置いて、去りがたいのも。

体は疲れているのに、ひとりで横になっても眠れない気がした。

営業所と中庭をへだてる窓のついた引き戸の向こうで、進が堂下と話している。

「堂下さんは」

「はい」

「ここの親父《おやじ》さん、なんで亡くなったか、知ってるよね？」

「え？　いえ」

雄二は兄のライターを取り、煙草に火をつけてやりながら、漏れ聞こえる進の打ち明け話を聞いた。

「嘘《うそ》だ嘘だ、知ってるでしょ？　知らないわけないよね？　有名だもん！」

「……まあ、なんとなくは」

「聞いてるでしょ」

「はあ」

堂下は、あまり関わりたくないのか、本当に興味がないのか、事件のことを根掘り葉掘り聞きたがる人間が多いのに、そんな気配がまるでない、気のない返事をしていた。

「命日は毎年、いろんな意味で記念日よ。親父さん亡くなって、お袋さんは……」

「ええ」

「十五年かな。もう。子供からしたら実際、やりきれないと思うよね。大ちゃんなんか、あ、一番上のあの、パジャマのでっかいお兄ちゃんね」

「はい」

「大ちゃんなんか、ずっとここで家守っていかなきゃいけないんだからさ」

兄はなにも言わず、黙って雄二に火をもらい、隣で煙草を吸っていた。

雄二がふと、顔を上げた先を指さす。

「あれなに？」

「どれ？」

まだ明けない空に、雄二は突拍子もないものを見つけた。兄は、ライターを不自由な指でいじっている。

営業所の中の打ち明け話は、もうそろそろ終わりのようだった。

「堂下さん、今日はもう、上がりだよね？」

「はい。あ、そうだ」

「ん？」

進が、少し身構える。今日は、どんなイタズラもありの日だからだ。

「ガレージ、開けっ放しでしたけど」

「閉めておけばよかったですか」

「あ、いけね」

「ごめんごめん」

進は、少し慌てて、上着を手にした。

「誰かいるのかと思って」

「俺、行く行く。あ、それ！　お供え物のあまりだけど。よかったら、食べて」

進はガレージの鍵を持って、外に出て行った。

「すいません」

進の声と、引き戸の音の後に、少し間の抜けたズポポッという音が響いた。堂下がお茶を淹れようとして、湯が足りなかったらしい。ポットの湯はいつも、弓さんか園子が気をつけてくれているのだろう。

中庭で、雄二は兄と空を眺めていた。夜明けが近い空は、青に黒が混ざって、その上から白く透ける薄いセロハンでも貼ったような、不思議な色をしている。

「飛行船?」

「ひ、飛行船だね」

ふよふよと浮いているのは、その空に妙に馴染《なじ》んだ飛行船だった。

「こんな明け方に?」

「ててて、テスト飛行だろ。ほら、も、文字んところが」

「ああ、まだ書けてないね。ペンキが途中じゃん」

「うん」

「なに、デパート? デパートできるんだ」

「駅前の、こ、交差点のところ」

兄の声は、案外通りがいい。つっかえたりするけれど、耳に心地よい、綺麗な声だと雄二は思う。

「ふうん」

「でかいよ」

「発展してきたね、ここら辺も」

十五年。

町が変わるのには十分だ。

自分たちは、大人になった。望んだような成長はしていないけれど、生きている。

「これ……」

「一回、ここ引いて。押さえながら引くの」

「ああ」

兄の不自由な指も、変わらなかった。兄の指でなくても、たぶんこのライターは使いにくい。

「交換しよ。俺こっち使うよ」

ガラリと勢いよく引き戸が開き、歌川と園子がなだれ込んできた。

「おかえりなさ……」

堂下の横をすり抜けて、顔面蒼白《そうはく》の園子がトイレへ向かおうとして、へたりこんで嘔《え》吐《ず》く。黒いのに派手な服の園子は、顔から血の気が引いているのに、喉元と耳だけがやたらと赤かった。帰ってくる途中でも、吐いたのかもしれない。

「うえっぷ」

「まだ我慢まだ我慢」

歌川は、園子の腕をとり、立たせると、トイレへと担いでいった。

「う」

「我慢しろ、もうすぐだから！」

内臓ごと吐き出しそうな派手な雄叫びを上げる園子を励ます歌川の声に、水音がざあざあゴポゴポと重なる。

「変わらないね」

「……ああ」

兄は、嘔吐く音から逃げるように立ち上がると、煙草を消して母屋に入ってしまった。

雄二は、営業所に戻って洗面所の園子の様子を見に行く。振り返った歌川が笑いながらうなずくのを確認して、ふたりから離れると所在なげにしている堂下に声をかけた。

「ひどいっすね」

「いや。あ、これ。いただいてます」

堂下は、大きくひと口かじった最中をかかげてみせた。

「どうぞどうぞ」

「雄二さんもおひとつ、どうですか」

差し出された最中を手にとると、思わず口をついて出る。

「ひざこぞうか」

「え？　はま最中って」

「ああ、うちじゃそう呼んでたんです。形がちょっと、ひざこぞうみたいでしょ？……そうでもないか」

ひざこぞうにしか見えなかった最中は、今見ると、ごくありふれた最中だった。

「雄二さんが名付けたんですか？」

「いや。お袋が」

母は、突拍子もないことを言い出すことも少なくなかった。

子供たちを笑わせようとして、それがわかっているからシラけるわけにもいかず、なんとなくつきあいで笑うことがあったなと思い出す。

洗面所から、また園子の唸り声がした。

「ああ、もーっ、馬鹿。掃除するとこ増やすなよ」

歌川がダッシュで飛び出してきて、ゴミ袋とティッシュの箱を引っ摑んで洗面所に戻る。

「うえええええ」

便器で体を支えきれなくなったのか、バンとどこかを叩く音がして、歌川の笑い声がした。

とりあえず笑う。とりあえず食べる。他に話題もない。

「……すいません。食う気なくしますね」

「いや」

今は姉が、とりあえず吐いている。泣くよりましだ。

「姉ちゃん、大丈夫？　手伝う？」

「平気平気」

雄二がダイニングチェアに座ったまま、歌川に呼びかける。

歌川は、ひょいと顔をのぞかせて、ほんとうになんてことないように笑う。

「なんか持ってこうか」

「ビールもらえる？」

「うん。え？　ビール？」

呑気な声に、雄二は耳を疑った。

「仕事上がりの俺にね」

そりゃそうか、と、雄二は冷蔵庫を開けた。

「堂下さんもどう、一杯」

歌川が、今日の研修を労《ねぎら》うつもりか、堂下にも声をかけた。

「ああ、いや」

「上がりでしょ？　もう」

「はい」

「いいっすよ、それ社長のだから。社長のものは俺のもんって、ここの場合そういう考えでオッケーだから」

勝手にいいのかと気にしている堂下に、歌川が明るい声で言い放つ。

「オッケーなのかな」

そう言いながら雄二もちゃっかり一本拝借する。

社長と社員になっても、進と歌川、そして真貴の力関係は変わらないようだった。

「やめてるんです」

「え、酒？」

「すいません」

堂下から思いのほか強い拒絶を受けて、歌川は堂下をまじまじと見た。

「……なんだか興味わいちゃうよねえ。酒も煙草もギャンブルもやらないし。突然こんな、海っぺりのタクシー会社に来てさ。……ね、ほんとは堂下さん、何やってた人？」

「いや、たいしたことやってないですよ」

「ここ来る前は？」

「……漁師です」

意外なような、意外じゃないような。堂下は至って真面目に答えている。

「漁師ね！　あ、え？　もしかして、そこの大洗《おおあらい》？」

「いや、日本海のほうで」

「はー。へー。反対側から。そりゃまたなんで」

「いやあ」

なぜかしつこく食い下がる歌川を、堂下はあからさまにはぐらかした。

また、水の流れる音がして、トイレからふらふらと園子が這《は》い出《で》てきた。

「大丈夫？」

「うん、出したらすっきり！」

雄二の差し出した水を、喉を鳴らしてあおる。少しばかり明るくしすぎた髪の根元が黒くなり、見事なプリン頭になっている。それでも顔のパーツの小さな園子には、リスのしっぽみたいでよく似合っていた。

はーっと長く息を吐いてから、よいしょと立ち上がった園子に歌川が手を差し出す。

「園ちゃん、七百十円な」

「ええ？　お金とんの？」

「ただで迎え行かないよ、勤務中なんだから」

「ケチねえ」

「後でいいからさ」

近距離のお客さんも俺はちゃんと数こなすから園ちゃんもカウントしますよ、と誇らしげにビールをあおる。

社長のビールで一杯やっている歌川は、会社の売上げにしっかり貢献しているようだ。

「そんなに貯めて何に使うの……って、つぐみちゃんだよね？　さては貢いでるな？」

「ちげえって」

吐いて、水を飲んで、生き返ったような園子は、まだ顔色は悪いが、妙に元気に歌川をからかっている。

「え、つぐみちゃんって、あのつぐみちゃん？」

「あの、つぐみちゃん」

小学生だった子が、もうそんな、と雄二は思わず歌川を見た。

ぶんぶんと首を振る歌川は、何か言いたいことがあるのか、口を開きかけて閉じた。

「ち……！」

「弓さんには内緒だよ？　大事な一人娘が自分の同僚に手出しされてるなんて知ったら」

「まずいんじゃない、それ」

「おいしいよ、若いもん」

園子の酔いは抜けていないようだ。なのに、もう最中を頬張っている。

「だから、ちげえって！　うるせえ酔っ払いだなあ。……何突っ立ってんだ、てめえはさっきから」

いつの間にか、ガレージを閉めに行った進が営業所に戻っていた。

「あ……」

「ガレージ、閉まりません？　手伝いますよ」

堂下が声をかける。

進は入ってきたものの、引き戸のそばで動かない。

「……や、あの。……タイヤって、予備のやつ何個あったかな」

「あ？」

「ガレージのタイヤ、何個くらいおいてあるっけ」

「……さあ、何個もあるんじゃねえの？」

苛々《いらいら》と進に八つ当たりする歌川の声に、堂下が静かな声を重ねた。

「パンクですか」

堂下も、もう今日が特別な日であることを知っている。

「ううん……、積んであるのかな、タイヤは。こう、どんどんって、一メートルくらい」

「は？」

進の話は要領を得なかった。雄二も少し苛立ってくる。

「奥にさ。ゴソッと。積んでたかな？　それで、……タイヤってこう、ブルブル、揺れたりするかな？」

「ゼリーじゃないんだから」

吐いてすっきりした園子が低い声で切って捨てる。

「そうか、そうだよね。じゃあ、違うよね。あれタイヤじゃないよね……」

雄二と目を合わせた進の目は、少し怯《おび》えていた。

「ええと、どうしたの？」

「さっきからもにょもにょもにょ、大丈夫か社長」

雄二と歌川に促されて、ごくっとつばを飲み込んでから、進は言った。

「……人かな」

「え？」

しん、と妙な静けさが漂った。

「たぶん、なんか、人みたいなのが。……お、奥にいる。みたい」

「人みたいなのが奥にいるみたい？」

こんな日に、とは、口にできなかった。

「暗くて、よく見えなかった。けど」

「ガレージに？」

「うん」

「人……？」

「泥棒だろ、それ」

いきり立つ歌川の背を見ながら、雄二は心の中で念じた。いっそ泥棒のほうがマシだ。園子も、肩の力を抜いたので、たぶん同じ想像をしたのだと雄二は察した。

約束をした。この家を出て行く母と。

「や、わかんないわかんないよ！　尚早すぎる。その考えは尚早すぎる。なんか寝てるみたいだし」

「寝てる？」

「なんか、ぐうぐう言ってるのが聞こえたから。……家のない人かもしれない」

この家のガレージで寝ようと思うのなら余所者《よそもの》だろう。

「こんな田舎で？」

いぶかしむ雄二の腕を、進が掴む。

「とりあえず、ちょっと、見に行かない？　っていうか、一緒に来て！」

歌川はすっかり臨戦態勢だ。

「行くに決まってんだろ」

なんだか、怖いようなそればかりでもないような、場違いなざわめきが胸にわいて、戸惑う。

「こっちこっち」

「わかってるよ」

歌川と進は、今夜の憂さを泥棒の捕り物で、晴らすつもりなのかもしれない。

「あ、堂下さん」

くるりと進が振り返ってこっちこっちと手招く。

「え」

「一応一応」

堂下を引っ張り込んで、三人で乗り込むつもりのようだ。

「いやあ……」

歌川が、箒《ほうき》を手にとる。事務所の箒は、学校の箒のように横幅のあるしっかりしたものので、なかなかの凶器になりそうだ。

「え、そんな棒的なもの持ってっちゃう?」

「社長。とっとと電話しろよ、お前は」

「警察?　いきなり?　や、だってそれは尚早だって。家のない人かも」

「るせーな、それでも呼ぶだろ、普通」

堂下は雄二を振り返ったが、雄二はただ肩をすくめるだけだった。それを見た堂下は諦めてつきあうことにしたようだ。三人が営業所から出て行き、雄二と園子は残された。

「見に行かないの？」

「うん」

園子と目を合わせないまま、雄二は即答した。行くわけがない。行きたくない。

「警察……」

園子がぽつりと言う。

「ん？」

「呼んどいたほうがいいのかな？」

ふたりの声が、妙に響く。

「様子見よ……」

「うん」

ふたりは、顔を上げて、なかなか合わせられなかった目をようやく合わせた。

「姉ちゃんも……もしかしてって、思ってる？」

「わかるよ。わたしも今日、そのことばっか考えてた」

互いの目の奥がゆらゆらと揺れている。

「……兄ちゃんも眠れないみたい」

大樹もきっと部屋に戻っただけだ。たぶん、今も母屋の自室で起きている。

「雄ちゃんも？」

「うん」

「今日はねえ」

「……でも、ガレージにはいないだろ」

「……だよねえ」

だって、ガレージは、あれがあった場所なのだから。園子が、ぎこちなく笑おうとして失敗した。

堂下が特に慌てた様子もなく戻ってきて、雄二を呼ぶ。

「雄二さん、来てもらえます？」

「え？」

「歌川さんが呼べって」

思わず、園子をちらりと見る。園子も、雄二と同じように顔をこわばらせた。

「……どうして？」

「男の人みたいです」

「男？」

ふたりして、体の力が一気に抜けた。

なんだ。なんだ、そうか。

園子もたぶん、そう思っただろう。雄二は顔を見なくてもわかった。

「寝てるみたいなんですけど。暴れるかもしれないからって」

「ああ、で、俺？」

堂下のような上背は、雄二にはない。

「わかんないんですけど歌川さんが」

「まあ、俺元ヤンだからね」

自分で言いながら、笑ってしまった。

「へえ」

「いや。期待に応えられるような元ヤンじゃないんで」

「なにそれ」

「ちょっとここ、お願いします」

「はい」

園子をひとりにする気にはなれず、雄二は堂下に残ってもらいガレージへ向かった。

思いついて一応、武器を調達しようと営業所に引き返すと、園子と堂下の声が聞こえてきて、足を止めた。

「ガレージにいた人、男だったの？」

「やっぱり浮浪者風の感じで」

園子が、穏やかに笑う。

「冷えるもんね、今夜は」

「元ヤンか……」

堂下は、さっきの話を真に受けたのだろうか。

「見えない？」

まあ、見えないだろうなと二人の話を聞きながら雄二は思う。

「よく見て。雄ちゃん目つき鋭いから」

熱血ヤンキー野球ドラマの主題歌を歌い出す園子に、堂下はただ黙ってつきあっている。

「ねえ、このライター、壊れてる？　これ、つかない」

「こう、引きながら。引きながらじゃないと、だめみたいです」

「ああ、むつかしー」

ライターを、置き忘れてきたらしい。雄二が兄と交換した、とても使いにくい安全装置付きのライターを、堂下はすぐに扱えたようだ。

「最近、こういうの多いですよね。面倒なのが」

「子供なんて、火傷《やけど》しなきゃわかんないのにね」

園子の声は、もういいかげん、ガレージへ行こうと思った雄二の足をさらに止めた。

「……さっき、お兄さんもやってました。同じこと」

「大ちゃん？」

「はい」

さっきの、歌川の問いかけが雄二の中でも再び繰り返される。

堂下は、どうしてここへやってきたのだろう。

「ああ、……大ちゃん、指、動かないから」

「え？」

「右手の人差し指がね、カギみたいにね、こんなんなったまま、動かないの」

堂下は、何も口をはさまずに園子の話を聞いてくれているようだった。

「真っ直《まっす》ぐにはね、もうなんないの」

大樹はポケットのない上着を着ない。

「中学生のとき、……怪我して」

怪我なら園子も雄二もしていた。母のこはるも。

「すぐに、お医者さんに見せればよかったのに。ずーっと家では隠してたから。元に戻らなくなっちゃったんだって」

「ああ……」

「眠い……」

園子は、どうにかもう少しこの夜が明けてしまうのを、先延しにしようとしていたけれど、そろそろ限界のようだ。どさっと机に突っ伏す音がした。

「あ、どうぞ寝てください」

園子が、あーあと大きなあくびをする。

「……男の人だったのか」

「え？」

どうして、母はいないのだろう。十五年、待った。

「……期待したらおかしいかなぁ？」

「……なんですか？」

「…………」

堂下に答えないまま、園子は眠ったようだ。雄二は結局丸腰のまま、今度こそガレージへ向かった。


そのしばらく後、堂下がガレージに顔を出した。

「あの……、配車じゃないんですけど、ちょっと」

「いいよ、もうこの人なんかめちゃめちゃぐっすり寝てるし。寝かしとけ」

歌川は、さっきから揺すっても呼びかけても起きる気配のない、呑気な寝顔の男を正気づかせるのを諦めた。

「……ま、いっか。明日になりゃ、起きるだろ」

「あの……」

「なに？　堂下さん、なんだって？　園ちゃんがまた、吐いたの？」

進が何か言いあぐねている堂下に水を向ける。

「いえ」

雄二は、ちらりとこちらを盗み見る堂下と目が合って、どきりとする。

「知らない女の人が、その……、寝てる園子さんに抱きついて、頭を撫でて背中をさすって、なんていうかこう……、あやしてます？」

雄二は駆け出したいのか、駆け出したくないのか、よくわからなかった。

けれど、体の中で、血が駆け巡っていることはわかった。

「道に、迷われたのかもしれません」

第二章

1

「いいかげん泣き止んで、弓ちゃん」

こはるは無茶なことを言う。弓は、次から次へと溢《あふ》れてくる涙を止められなかった。

「だって、だって……！」

弓はこはるを、固く抱きしめた。言葉にできないことが多すぎて、そのぶん力を込めるしかなかった。

「いい年なのに、おかしいぞ」

「そうだよね。でも、こはるちゃ……」

こはるが最後の夜に作っていったおかずの始末をしたのは、弓だった。子供たちの好きなものばかりだと気がついて、そのときもずいぶん涙が出た。

「も――……、泣き虫なんだから」

のぞきこんでくるこはるの顔は、年を重ねて、目尻には昔なかった深い皺《しわ》がある。そして、髪は白くまだらだ。もちろん、自分の顔も同じだろうと弓は思う。けれど、こはるの苦労はまた、違うはずだ。営業所の中で、かつて弓はこはると他愛ない話をした。十五年分失った、その時間が戻ってきたのだ。

「改めて、おばちゃん、お帰りなさい！」

「おかえりなさい！」

二人を囲むように、黙って側にいてくれた歌川と進が、少し離れて立っている雄二を引っ張った。進が、大きな声を張り上げて、拍手をする。歌川も、それに続いた。ふたりがいてくれて、よかった。こはるは、おどけた顔と声で応えている。園子の姿はない。

「やめてよ、おおげさなのは。わたし、寝起きよ？　見て、まだ目やにがついてるんだから」

「寝起きって。もう、夕方っすよ」

歌川は屈託がない。いてくれて、本当に助かる。

「こはるちゃん、明け方に着いたって聞いたけど」

「そうなの。そっから、半日眠っちゃった」

「なにせ、おばちゃん、栃木《とちぎ》のほうから歩いてきたって言うんですもん」

「なんだって、そんなこと」

「なんでかなあ、歩きたくなったのかなあ」

歩いて歩いて、ようやく帰ってきたのだ、こはるは。この家へ。

「おばちゃん、僕はね。おばちゃんが帰ってくるって信じてましたよ」

社長になってここを守った進は、強く言い切った。あの夜こはるを警察まで送った進の父が死んでから、弓は何度か、進の一人酒を見て見ぬふりをしたことがある。

「ありがとう。……ほんとに立派になって。歌ちゃんも」

「まさか俺がここで働いてるなんて、思わなかったでしょ？」

歌川が、やんちゃな顔でにっと笑う。

「うん、雄ちゃんの不良仲間が、いっぱしのドライバーなんてさ」

「……俺、言ったんだ。やるよ、タクシーって。なっ？」

歌川に話を振られて、雄二は曖昧に頷いた。

「で俺が、モーも誘ってな」

こはるは、胸がつまったのか、手で胸を押さえると、噛みしめるように言った。

「……みんなで守ってくれてたんだ」

「お前は、東京行っちゃったけどな」

こはるをただ凝視するしかできない雄二に、歌川がまた屈託なく言い放つ。

進が、熱弁をふるい始める。

「いつも親父に言われてたんです。おばちゃんが帰ってくるまで、ちゃんと会社守れよって。稲村の稲、丸井の丸。ここは、ふたつの家族の会社だぞって」

「感謝してる」

進の目に、涙が滲んだ。

「……できれば……親父にも見せて……そ、それだけが悔しくてっ」

「進ちゃん」

あれから、時が経っていた。

「進一郎兄ちゃんにもちゃんと、お礼するからね。すぐにお墓に会いに行く」

「いいんです。親父の墓参りなんか、もっと落ち着いてからで。まずは、おばちゃん、いっぱい話聞かせてくださいよ」

「そうよ、こはるちゃんのこと、まだ何も聞いてないもん。いったい、どこでどうしてたのよ」

誰かが入ってきたようだったが、弓は、言葉を繋いだ。

あの夜まで、こはると弓は、あけっぴろげになんでも話せる仲だった。つらいことも少なくなかった同士だからこそ、余り物のおかずを分け合うついでに、泣き言も分け合った。

「そうねえ、娑婆《しゃば》に出てからは」

「シャバぁ！」

こはるの口からするりと出てきた言葉を拾って、歌川が茶化す。

「……そう、娑婆に出てからは、あちこち転々としたかな」

「シャバだってさ」

歌川が肘で小突いて話を振っても、やはり雄二は曖昧に笑うだけで、輪に加わらない。

こはるは、出所してからの日々を訥々《とつとつ》と語り出した。

「沖縄《おきなわ》の定食屋で働いたこともあるし、酪農やったり、旅館の住み込み、宇都宮《うつのみや》の餃《ぎょう》子屋《ざ》……東京の……。スナックではね」

「あ、それ見た」

あの時は目を疑ったし、見間違いかとも思った。唐突に流れたこはるの映像は、弓には録画もままならず、慌てて落としたリモコンがつま先に当たって、しつこく痛んだことを思い出す。

「見た見た、深夜にやってたやつ！」

「ドキュメンタリーでしょ？」

「俺も見ました、YouTube で」

歌川がお前はと問うように雄二を見たが、雄二は目を逸らしてしまった。

「いやだ、みんな見てたの？」

「見てたわよぉ」

弓は、はしゃいだ声を出した。正直、もうこはるは生きていないかもしれないと思ったことだって、あった。

「もー、よくわかったね。モザイクかけてもらったのに」

「そりゃわかるよ、ねえ？」

「うん。音声も変わってたけど、すぐおばちゃんだって」

こはるが、頭をかいてみせた。

たぶん、彼らの心には、弓と同じ想像がよぎったことがあったのだ。

「……あ」

唐突に後ろから声がして、振り返ると、堂下が仮眠室のカーテンを開けかけた。カーテンの音に、弓はちょっとだけ、どきっとしてしまう。

「ああ」

こはるが堂下に会釈すると、堂下も遠慮がちに挨拶を返した。申し訳なさそうな素振りを見て、ああ、さぞ声をかけづらかったのだろうと思う。

「あ……、すいません、おはようございます」

「堂下さん、こちらね」

さっそく、紹介しようとする弓に、堂下はさらに遠慮がちに言った。

「今朝……」

「あ、もう会った？」

「最初に、お会いしたんですよね」

こはるが、堂下に目を合わせて、口をはさむ。

「はい」

堂下は小さくうなずくと、すっと輪から外れて、雄二に小さく目配せをした。

「……園子さんはまだ？」

「……うん、爆睡です」

夜が明ける少し前に帰って来たこはるは、営業所の机で眠っていた園子を、起こさないであげてと堂下に言ったのだそうだ。小柄な歌川が抱き上げて歩くには園子は脱力しすぎていて、結局、堂下が園子の部屋まで運んでくれたと歌川から聞いた。

大樹は、動揺したのか、本当に寝ていたのか、騒動にも部屋から出てこようとせず、大樹を起こそうとする進たちをこはるが止めたのだった。

堂下は、文句も言わずに園子を運んでくれただけでなく、戸惑う雄二に優しかった。歌川は、堂下はやっぱりどこか得体が知れないけれど、面倒見のいいところがあるから、案外うちの仕事向いてるかもねーと、笑っていた。

弓は、歌川こそ面倒見がいいと思うのだが、本人に伝えたことはなかった。

「堂下さん、先にアルコール検査」

「あ、はい」

堂下が口にくわえたアルコール検知器が、ぴーっと間抜けな音を出す。その聞き慣れた音で進は、さ、仕事仕事と突然切り替えのスイッチが入ったようだ。

「にしても、モー遅いな。……ええと、迎車先は、と。……ああ、しょうがない。福《ふく》ちゃん電機……二三子《ふみこ》さんか……わざわざまたうちをご愛顧いただいちゃって、まあ。ぐるぐるぐるぐる、その辺回ってるのかな。モー、おつかれ」

進は、はー……っとため息をひとつついて、弓をせかした。だが、弓はまだこはるが気になってならない。所在なげな雄二も、もちろん。

「なあ、お前も見た？」

歌川は、制服の上着を着込みながら、雄二にきいた。

「え？」

「ドキュメンタリー」

「や……」

首を振る雄二の背を、バシンと叩《たた》くと、歌川はちらりと弓に視線を投げた。弓は、小さく頷く。

進が、一瞬ぽつんと静かになったこはるに、明るく話しかけた。

「それでそれで？　おばちゃん、スナックのあとは、どこ行ったんですか？」

「テレビはあれ、どこ経由で？」

ついで歌川がおどけて、レポーターの真似をしてみせた。

「えっと」

「ちょっと、そんなやつぎばやに質問するもんじゃないわよ」

「やつぎばやって……、言い方が古い……はい。はいはい、すみません。黙ります」

大樹がいつにも増してのっそりと顔をのぞかせた。妖怪でも背負っているような重い足どりで、なんとも辛気くさい。どうにかして敷地内に収めようと無理やり建て増した母屋は、どんなに気まずいときでも営業所を通り、中庭を抜けないと入ることができない。実にやっかいな作りなのだ。

「おお、大ちゃん、おかえり。あ、はい、堂下さん、問題なし。いいよ、仮眠室どうぞ」

歌川は入りはしたものの、そのまま棒立ちになっている大樹に駆け寄り、ぐいぐい肩を組んだり、肘でつついたりして営業所の中へと招き入れた。堂下は、おそるおそる仮眠室のカーテンを開けて、入っていく。

「おかえりなさい。もう仕事終わったの？」

「う、うん」

母に話しかけられた大樹は、目を泳がせてぎこちなく返事をする。

「そっか。外資系って、融通きくのね」

「え？」

進は思わず声を上げ、大樹は黙り込んだ。

「なあ……福ちゃん電機って、外資系か？」

歌川が、雄二にきくまでもないことをアホ面をしてきいている。

弓は、雄二が口を開く前に、大きな声を出した。

「それで、こはるちゃん、これからどうするの」

「自分こそ、やつぎばやじゃない。……これから？」

こはるは、途方に暮れたようにぽつんと呟いた。

「もう、どこか行っちゃったりしないでしょう？」

「もちろん。どこへも行かないよ」

本当は、真っ先に聞きたかった。弓だけでなく、みんなが。

「こはるちゃん」

「……だってよ、大ちゃん。よかったな」

歌川が、満面の笑みで嬉しそうに大樹の顔をのぞき込む。

「……はは」

大樹は、こわばっていた顔をどうにかこうにか緩ませて、とってつけたように笑った。

「ここでまた、タクシーやる」

こはるが、言った。

「え？」

雄二の声が、尖《とが》る。

「前みたいに」

雄二の口元が、右側だけひくついた。

「……ドライバー？」

一瞬、ほんの一瞬、声が詰まったが、弓は確かめようと口を開く。そもそも、これからどうするのか、誰も聞けずにいたことを口に出したのは弓だ。

「ほんと？　おばちゃん」

進も、おそるおそる確かめた。

「うん」

こはるは、迷わず頷く。髪の内側から、さらに白い束がのぞいた。

歌川は、そっかやるのかとあっさり受け入れたようだった。

「でも、しばらく運転してないし、まずは車を洗う。全部、洗うから」

「……は、はは」

大樹が、困ったように笑った。体が少し傾いている。

「ははは！」

歌川も、雄二の背を叩いて笑い出した。その力の強さに、雄二は眉を寄せた。

「なんでお前が興奮してんの」

ドライバーをやると言ったこはるに、雄二の顔はこわばっていた。車を洗うと言ったら、深く眉間に皺が寄った。眉を寄せた理由を上手に痛みにすり替えたのは、歌川だ。

弓は、よくやったと歌川を褒めたかったが、堪《こら》えた。

「じゃあさ、おばちゃん。うちの新しい車見てよ。ワゴン入れたの！」

「ワゴン」

あったものがなくなったり、なかったものが増えたり。そんな日々の中に帰って来たこはるに、まだ戸惑いがあるのが、弓には手に取るようにわかる。

「そんなさ、車よりなにより、こはるちゃんまだ親子の対話もろくにしてないんだから。まずはそっちでしょ。あ、電話電話」

弓は、ちょうど鳴りだした電話の音に飛びついた。

これが、日常だ。この家にあるはずの日常だ。

これで行こう。これでいい。だからまず電話だ。

「お電話ありがとうございます。稲丸タクシーです」

「そうだよね、まずは親子で」

そう言って明るく手招く進と目を合わせないように、大樹が背を向けた。

「お、お、俺は、ちょっとき、着替えてくる」

「ああ」

こはるが、その背に返事ともつかない声を投げる。

「……煙草ある？」

雄二は言って、大樹を追うように母屋へ続く中庭へ出て行った。

「うん」

ふたりの背中が同じ角度で丸まっていた。その背をぼんやり見ていたこはるが、ふいっと目を逸らして、営業所の中をゆっくりと見回す。

「……車、見に行っていい？」

「え、行きます？」

「うん」

頷くこはるに、歌川がにかっと笑った。

「俺、運転しましょうか」

「……駅前、男性、溝口《みぞぐち》様」

配車を受け付けた弓が告げる。

「すいません、またゆっくり。……十分！」

手早く支度する歌川に、弓は頷いて、おだやかな声で、客に告げる。

「十分前後で。お迎えに上がります。はい」

当たり前のように母を受け入れてくれている面々に雄二と大樹は取り残されていた。

「ワゴン入れてからね、団体さんの予約が増えちゃってさあ」

進は、手柄を報告するように、こはるを車へと案内しに連れて出る。

母屋のドアが開いて、踵を引きずる足音がする。中庭から、大きなあくびの声がした。

園子がようやく、起きてきたようだった。

出て行こうとした歌川が、弓の前に戻って来て通信台に肘をついて、顔をのぞき込む。

「コート、皺になんない？」

「……ああ、ほんとだ。わたし、コートも脱いでなかった」

ひょいと弓に顔を近づけた歌川が、彼女にだけ聞こえる声で、よかったじゃんと言って笑った。

2

久しぶりに見る夢だった。園子は目を覚ますと、泣いていた。母の夢だった。

もう、約束の夜は明けてしまった。

差し込む西日がちょうど顔に当たって、痛いほど眩しかった。

夢は夢だ。

起きたら終わる。

母に背中を抱きしめられた温《ぬく》もりは、もうない。そもそも夢だ。

自分の部屋が酒臭くて、たまらず布団を跳ね上げて、窓を開ける。それでも足りずに、園子は脱ぎ捨ててあったカーディガンを摑み、中庭へと向かった。外の風に当たって、水を飲んで、顔を洗って、それから。それからなにをすればいいんだっけ。

園子は、たらたらと頬をつたう涙を両手で払った。

「……ん？」

中庭に出ると、大樹と雄二が、足を投げ出して椅子に座り、煙草をふかしていた。こころなしか、こちらに投げた視線が冷たい。

「ゆうべ、あたし……」

「ん？」

こういうとき、雄二は意地悪だ。あえて次の言葉を促す目は、やっぱり冷たい。

「……寝ゲロしたっけ？」

「うん」

園子はぼさぼさの頭をさらにわしゃわしゃとかき回した。

いやはや、面目ない。店の常連のおっちゃんたちがよく使う言葉を覚えてしまったなと落ち込む。園子は、昨日の服の始末もさせたのだろうかとおそるおそるきいた。

「服って……？」

雄二はそっぽを向き、大樹が口を開く。

「……あ、洗ってた」

「誰が？」

「今朝……」

雄二でも、大樹でもないのなら、誰がと問うたところに、勢いよく中庭と営業所を繋ぐ引き戸が開いた。

「おそよう！」

手を挙げて直立している人が、大きな声を出している。

園子は、反射的に手をあげて応えたものの、口を「え」の形にキープしたまま、固まった。なんだ、夢か。まだ寝てるのか。

「よく寝れた？」

目の前の、記憶とは違う姿の母がしゃべった。しゃべった？　しゃべったって、なんだ。

「………」

園子は、ただ、頷く。目の前に、なんかいる。

「おばちゃーん、鍵どこー？」

進の呼ぶ声に、母はここーっと声を張り上げて応える。

「……はい、鍵！　鍵！」

手にした鍵をかざしながら、営業所へと戻っていった。

「すいませーん！　持って来てー」

営業所に戻る母の背を、園子はただ呆然と見る。

大樹は、黙って煙草をふかしていた。雄二も、脱力したように座ったままだ。

なるほど。ふたりの途方に暮れた様子を見て、ああ、これ、ほんとに起こってることなんだと、ようやく園子は腑に落ちた。なるほど。

母の背中が見えなくなって、息をどうにか三回吸って吐いて、園子はようやく、声に出せた。

「……夢じゃないんだ」

「………………」

雄二が黙って首をがくりと落とすように頷き、自分の空になった煙草の箱をつぶすと、大樹の煙草をとって吸う。大樹もされるがままだ。

「帰ってきたんだ」

ふたりは、声も出さず頷く。

三人は、目を合わせたまま、声を出せない。

しばらくただ黙って脱力して中庭から空へ抜けてゆく風に当たっていた。

「……っ」

同時に、三人とも吹き出した。

「ははははは！」

「はは、ほほほ、ほんとに帰ってきた！」

そりゃ、笑う。大樹が力の抜けた大きな体を椅子に預けたまま、空を仰いだ。

「あ、あはははははは！」

「きっちり十五年で」

笑うしかない。雄二は膝についた肘で自分の体を支えるように、くの字になって震えていた。

「ふつーにいるし！」

なんで、あんなあっさりいるのだ。

「あはははははは！」

笑えば笑うほど、体から空気が抜けていった。園子は椅子からずり落ちそうになって慌てて、椅子の背を摑む。

三人とも、風船みたいだった。

縁日で売ってる、しぼむまで、けたたましく笑う風船のおもちゃ。

お父さんが、買った。

何が欲しいか、きいてもらったことなんか一度だってなかった。

ようやく笑いが収まったころには、三人ともぐったりしていた。

「いつ会ったの？」

「しゅ、しゅしゅしゅしゅしゅしゅしゅ、出勤前」

大樹の言葉が、つかえている。

「その時しゃべった？」

「ち、遅刻しそうで」

母が帰ったことは営業所から漏れ聞こえてくる音でわかったかもしれないが、だからこそ、母屋から出るに出られなかったのだろう。大樹は、基本的に寝坊などしない。雄二ならともかく。

「え、あたし会った？　だめだ、全然覚えてない」

雄二がまじまじと、園子を見た。なんだ。なにをした。

「園ちゃんは、しゃべってたよ」

「まじか！」

なんだそれ。夢じゃなかったのか、そうか。園子は、自分を納得させようとしてできずに、とりあえず口を開けた。

「あ」

「あは」

「あははっははははは！」

また、三人で笑う。

「あんなに」

三人で笑うのは、そういえば久しぶりだ。雄二が出て行く前だから、本当に、どれくらいぶりだろう。

「あんなに、待ってたのに」

「はははは、はーっ、ははは……」

笑い疲れて、息が切れる。

いつの間にか、大樹と雄二は笑うのをやめていた。大樹は真顔で押し黙り、雄二は俯いている。

「はーあ……、怒ってるの？」

ふたりは、黙ったままだ。

「ねえ？」

「……いや」

大樹は答えたが、雄二は顔を伏せたままだ。

「雄ちゃん、泣いてるの？」

雄二が、顔を上げた。

「いや。泣いてない」

「……あは」

涙が出ていないから、泣いてないというわけでもない。そんなことは、園子自身にもよくあることだから知ってる。

「……なんか……」

言いかけたが、雄二は続く言葉が出てこないようだった。雄二はうんと小さいころ、園子が幼稚園に行くたびに、一緒に行くと言って泣いた。大人になった雄二が泣かないのは、今も本当は泣き虫だからだ。一度泣いたら、きっと次も泣く。耐えられないことが多くなる。

「…………」

のそりと立ち上がろうとする大樹のがっしりした腕を、園子はとっさに摑む。

少し、懐かしい。

こんなことをするのは、久しぶりだった。

ふだんは、ろくに口も利かない日だってけっこうある。

「……ななに」

大樹は、園子の手を引きはがそうと腕を強く引いた。園子は離すまいとそのぶん遠慮なく強く掴んで、大樹の太い腕を胸に抱き込む。

「大ちゃん、どこ行くの」

「きっききき」

「え？」

「きっき、着替え、着替え！」

そうか、着替えか。そう思った。そうだ、着替えなきゃ。園子は思うだけでますます強く大樹の腕にしがみついた。

「え？」

雄二に、腕を引きはがされる。

「なんで掴むの」

「……うん……」

園子は引きはがされてもなお、しぶとく繋いでいた手を放した。急に解放された大樹が、滑稽なほどよろける。そしてそのまま、振り返らずにふらふらと母屋へと戻って行った。

雄二は、大樹から取り上げた煙草をそのままふかしている。

「喜んでいいんだよね？」

「…………」

いいとも悪いとも、雄二は言わなかった。

「だめ？」

「俺に聞くなよ」

ちらりと園子の顔を見た雄二の顔が、緩んだ。わかるよ、雄ちゃん、と園子は胸の中で呟いた。どんな顔をしたらいいのかなんて、わかるわけない。園子自身もそうとう情けない顔をして、雄二にすがっている自覚はある。園子は一回落ち着こうとばかりに鼻から長く息を吐いた。

「……別に、だめってことはないでしょ」

ぽつんと、雄二が呟いた。

「……うん」

そうだ。喜んでいい。そうだ。悪いことはもう、終わった。

母が去った後、園子が自分に何度も何度も、本当に何度も言い聞かせてきたことだ。

十五年前、母のいないこの家に三人で残されて途方に暮れたとき、もう殴られたり怒鳴られたりしないのか、と思った。そのすぐ後から、今度は父親ではない他人に、怒鳴りつけられたりおかしな目で見られたり、いろんなことがあったけど、でも、朝起きたときや学校からの帰り道、さすがに今日こそ誰か死ぬのかなとは、思わなくなった。

カラカラと引き戸が開く。弓がひょいと営業所から顔を出して、大きく両手を広げる。

「ごめん、ちょっといい？　園ちゃん園ちゃん」

「弓さん！」

園子がぱっと顔を輝かせてかけよって、胸に飛び込んだ。

「よかったね、よかったね」

弓のマスカラが落ちている。どんなにくたびれたときだって化粧してやるんだから、と言う弓に、園子がプレゼントしたお揃いのマスカラだ。

「うん、うん！」

母の不在の間、ここには弓がいた。進がいた。死んじゃって今はもういないけれど、進一郎おじちゃんもいたし、歌川もモーも、スナックのママも、他にもけっこうよくしてくれた人がいた。だから、園子はこの町を出なかった。出ないで、待った。帰ってくると言った母を。

「ずっと待ってたもんね。会いたかったもんね？」

弓の声は、糸のように降るときの、静かな雨に似ている。湿り気のある、優しい声が園子は好きだ。子供のころからずっとそうだ。

「あたし」

「実感わかないよねえ」

弓は、園子が言いたくても言えないことを、かわりに言葉にしてくれる。お母さんではないけれど、お母さんにして欲しかったことを、弓はたくさんしてくれた。

「なにから話せばいいかな？」

「こはるちゃんに？」

でも、本物の母が帰ってきたのだ。

「そうだよね。ありすぎるもんね」

母のこはるが、この家にいる。生きて、この家に帰ってきた。

園子の体の中で、時間が遡ったり、また戻ったり、記憶が泡のようにぶくぶく浮かんできては、はじけて消える。くらくらしながら、園子は呟いていた。

「アルバム見せる……」

そうだ。

まずは、あれだ。

「……ん、え？」

「あたし、いつかね。もし、母ちゃんが帰ってきたら見せようと思って。……ずっと、アルバム作ってたの」

弓の目が大きく見開かれて、眉根が寄った。また、うっすらと涙が浮かんでくる。やっぱりあのマスカラは、盛れるけど落ちるなと園子は思う。

「………」

浮かんだ涙はこぼれず、弓は口を開いたものの、言葉にできないようだった。

「だめかな?」

園子は急に不安になって、弓の顔をのぞき込む。

「だめじゃない、だめじゃない。だめなわけないじゃないの。アルバム! いいと思う! 喜ぶと思うよ」

弓の言葉に、園子はようやく嬉しさのようなものがこみ上げて、声を弾ませた。

「取ってくる!」

園子が営業所の中へかけ込むと、いきなり、仮眠室のカーテンが勢いよく開いた。

園子の踏み出した足が、固まる。

その場にいた全員がぎょっとして、同じ方向に顔を向けていた。

「ふあああああー……寝た。よく寝た」

仮眠室から唐突に現れたのは、上半身真っ裸の、見知らぬ男だった。

「え……」

薄汚れたジーンズは、なんらかのおしゃれなのか、単にどこでも寝ざるを得ないからなのか、判別がつかない。男の顔は小さく浅黒く、洗っていないモップのようなドレッドヘアに埋もれてしまいそうだ。

「あの」

仮眠室から出てきた堂下が、男にではなく、園子と弓に、何か言いたげだ。だが、男にどいてと言われて、黙ってしまう。

「……どこ、トイレ……？」

寝ぼけた顔のまま辺りを見回した男が目の合った園子に聞く。

「あ」

園子が、トイレを指さすと、男はにかーっと笑って、愛想良くお辞儀をした。長いドレッドヘアの束がわさりと割れて、男の浅黒い顔を隠した。

「どーもねー」

男が体を起こすと、また髪の束が割れて、今度は白い歯が光る。一同の突き刺さる視線をものともせず、すたすたとそのままトイレに入る。

「あ、新しいドライバー？」

園子は、何か言いかけていた堂下のほうを見て、確かめた。

「いや……」

違うらしい。酔っ払った客を乗せたものの帰る場所を聞き出せず、ひとまず寝かせたのだろうか。知った顔なら送りつけさえすればいいが、まったく知らない顔だった。

「汗くさ……」

「今朝、ガレージに寝てた人なんですけど」

「なんか聞いた、それ」

弓が、ああ、と合点がいった顔をする。園子にはさっぱり話が見えない。

「そうなの？」

堂下は、園子がわけがわかっていないことが、不思議なようだった。

「え、でもゆうべ園子さん」

「覚えてない」

「警察に届けたんじゃないの？」

弓は完全に不審者を見る目をして言った。

警察って、なんだろう。酔いつぶれた客が、暴れたのだろうか。だめだ、全然わからない。深酒しすぎたようだ。

「……知り合いなんだって」

ひょいと顔をのぞかせた雄二が言った。

「え？」

「恩人らしいよ。……あの人の」

「こはるちゃんの？」

弓が驚いて先を促すが、雄二はそれ以上説明する気がなく、堂下が引き取った。

「たしか、北海道で、お母さんが酪農やってたときに、お世話になった方だとかで。ニセコから」

「ニセコ」

なんだ、ニセコって。そしてなぜ、酪農、と頭の中で園子は呟く。

「こっちに帰ってらっしゃると聞いて、訪ねてきたらしいですよ」

「その牧場つぶれて。行くとこないって」

唇の端を上げながら、雄二が言う。

「で、ガレージに寝てたの？」

弓は、なんなのよ、もうと呆《あき》れている。

「どうやって来たのか知らないですけど。そうとう道に迷ったらしくて。ここ、見つける前に力が尽きたんだとか」

「見つける前って。すぐ裏だけどね、ガレージ」

みんな思った。誰より先に声に出したのが弓だった。

「恋人？　……母ちゃんの」

園子は、口に出してから、いやいやいやいやないないないないと頭の中で首を振る。

「いや」

「いや、それはないんじゃないかな」

堂下が真顔で間髪入れずに否定し、雄二も真顔で返した。

「だって、追いかけて来たんでしょ」

ニセコから、はるばる。

「いや、でもねえ」

「ええ、たぶんあの人……」

水を流す音がして、さっきの男が幾分さっぱりした顔で出てきた。部屋を眺め、ひとりずつと目を合わせ、微笑んだ。

「はじめまして」

園子は思いきって男の前に立つ。弓も後ろに隠れるようにして立った。園子は他になにを言うあてもなく、まず、挨拶をしてみた。男は満面の笑みを返す。

「あ、……あたし、園子です」

男は頷き、で？　と、目で次の言葉を促す。なんなんだ。

「稲村こはるの娘です」

「ああ」

「どうも。あなたは……？」

一瞬の間のあと、男は辿々《たどたど》しい発音で、名乗った。

「ヨシナガ、です」

「え？」

日本語カタコトか？　と、口に出すのを踏みとどまって、園子は思わず聞き返す。

「……よ、し、なーがー、です」

丁寧に言い直したつもりのようだが、むしろさらに辿々しい。園子の、はあ？　という顔の後ろから弓の声が重なる。

「ええと、ヨシナガさん？」

「うん」

自称ヨシナガは、にこにこしながら頷く。

「下のお名前は？」

「た、……たく、……ゆき？」

「え？」

なぜ自分の名前が、探り探りなのか。尖る園子の声をやわらげるように、また弓が穏便に確認した。

「タクユキさん？」

「うん」

「……あ、申し遅れまして。柴田《しばた》と申します」

弓は、思い出したように半裸のドレッドヘアの男相手にきちんと挨拶をした。えらい。

園子は頭を下げる弓の背を見ながら、いやいや、挨拶してる場合なのかなと思い直した。

「こはるちゃんは？」

コハルチャン。十五年家を空けて、やっと帰って来た母を、こはるちゃんと呼ぶ半裸の男、しかもカタコトの。なんなんだ。しかも、けっこう若いように、見えなくもない。もしかして、兄の大樹や、園子と似たような年回りではないのかと、凝視してしまう。

「母は外に」

雄二が、顎で外を指す。

「ちょっと、おいとましまして……」

「あ。はい。どうぞどうぞ」

妙に丁寧な言葉を吐きながら、ヨシナガはいそいそと外へ向かい、引き戸の前に立った。そのとたん、こはるの乗っているらしい車を見つけて引き戸を開け放つとぶんぶんと大きく手を振り回した。

「コハルチャーーン！　……車どれ？」

「車？」

目が合ってしまった堂下が答える。

「あ、ワゴンの」

わからないまま、手を振っていたらしい。

あっという間に飛び出していったヨシナガの声が聞こえる。

「こはるちゃん！　こはるちゃん！　ははははは」

そして、派手な急ブレーキの音が響いた。

「ははははっ！　危ないネー！」やたら明るいヨシナガの笑い声が続く。

なんの冗談だ。

「あぶない！　もう、ヨシナガさーん」

なんで、母はそんなに朗らかに笑えるのか。今のは、また人を轢き殺しそうになった音なんじゃないのか。

なんなんだ。

「……はは」

笑えた。

「ふふ」

雄二も、そんな感じだ。そりゃそうだろう。

「外国の人？」

「でも。ヨシナガさんって」

雄二とふたりで、とりあえず確認する。

「すごいカタコトじゃない？」

弓は、堂下に確認した。

「下の名前、つっかえてましたね」

雄二と目の合った園子は、たぶんみんな同じく思っているだろう疑問を口にした。

「ふざけてるんじゃないの？」

「ね」

雄二は、頷いた。

「でも、あの人今朝からあの調子ですよ」

「いや、わかんないなー。こはるちゃん、ほんと十五年どう過ごしてたんだろ」

弓が、誰もがたぶん一番言いたいことを、言葉にした。あーあ、弓さんに先に言われちゃった、と園子が雄二と目配せしたタイミングで、ひと仕事終えた真貴が帰って来た。

「……はあああああ……」

「モー、ずいぶん、疲れてるじゃん」

「いや……」

雄二に対して言葉を濁した真貴が、ちらっと後ろを見たが、誰か入ってくるでもない。なんだ、とみんなの注目が逸れたところに、にゅっと顔を出した女がいた。大樹の奥さんの二三子だ。出たり入ったり、忙しい人で、園子はあまり積極的に関わろうとしていない。今日も、きちんと小綺麗な格好で、決して濃すぎない品の良い化粧が色白の肌によく似合っている。

「ああ、……どうも」

弓が挨拶して二三子に入るよう促すと、二三子はお辞儀をして入ってきた。

「大ちゃん、帰ってますよ」

弓が、突っ立ったままの二三子を応接セットのソファへと手招く。そこが一番電話から遠い。園子が、さっそく揉めるのかと中庭を振り返ると、早々に大樹は母屋に姿を消そうとしていた。ドアから顔を出し、園子と目が合うと引っ込む。素早い。

「あ。雄二さん」

「ご無沙汰です」

雄二がひょこりと、頭を下げる。

「帰ってらしたの？　いやだ、わたし何も聞いてなくて」

「ああ。法事の前に」

「……すいません、わたし、……お父様の法要、伺えなくて」

「いえいえ」

雄二が、多少なりともまともに受け答えしているのは、そのほうがややこしくならないからだろう。二三子は、たぶん悪い人ではない。だが、一言で言うと面倒な人だった。

「事情、聞いてらっしゃると思うんですけど、わたしたち、今……」

二三子が言いよどむ。バッグに入れた手が、書類を摑んでいて、雄二はさっと目を逸らした。これみよがしな新しい離婚届は何も記入されていなかった。

「あ、はい。だいたい聞いてます」

「だいたい……?」

こういうところが、面倒なのだ。きっちりかっちりなんでも詰めたがる。

「いやあの、ちゃんと。……ある程度は」

電話が鳴り、はいはいと弓が電話を取りに行き、ちゃっかり二三子から離れる。

「ねえ、あの人、ヨシナガさん? 外出ちゃったままじゃない。裸でウロウロしていいの?」

園子が、二三子とはち合わせると、説明が面倒だと雄二に目くばせする。

「見てくる」

雄二は、さっと外に出た。感謝しろよと、園子は声に出さずにその背を見送った。

「例の、ガレージの」

「ああ」

堂下が真貴に、耳打ちしている。

「あの、主人……」

母屋を指さす二三子に、目が合ってしまった園子がはい、と答える。許せ、大ちゃん。酒の残った頭に、二三子の相手は、正直きつい。悪い人ではない。ただ、ちゃんとしようとしすぎているだけで。

「あの、運転手さんすいません。さっきは道中、いろいろとお恥ずかしい話を」

二三子が、真貴に申し訳なさそうに頭を下げている。

「いや、いいんじゃないですか。セアカコケグモ。昆虫図鑑、嫌いじゃないです。三代《みよ》ちゃんも、お父さんのプレゼント気に入ってるんじゃないですかね」

なんの話をしていたのだろう。気になるが話を広げたくはない。

外で、唐突に大きな急ブレーキの音が響いた。

園子を始め、みんなが身を固くして固唾《かたず》を飲む。

雄二が、ふらふらと営業所に入ってきて、そのまま座り込んだ。

「ちょっと、なにどうした」

園子が駆け寄って、体を支えようとしたが、雄二はその手を払い、笑い出した。

「は、……はは、……ははは」

「なに？」

「母ちゃんに」

「母ちゃんに？」

「轢《ひ》かれかけた」

「ええ？」

雄二は弱々しい声でははは と笑いながら、そのまま頭を抱え込んだ。

園子はこの光景を、昔何度も見た覚えがある。ひとしきり暴れた父が去ったあと、めちゃめちゃになった母屋の居間で、手当てしてやろうとすると、雄二はよくこうして拒んだ。

「俺、ちょっとやっぱ……よくわかんない。もう、ちょっとなんか……整理できないっていうか。どう受け止めたらいいのっつうか」

「雄ちゃん？」

真貴が、驚いている。真貴の知っている雄二は、たまった鬱憤をどうしようもなくて、とりあえずグレてみただけの、やんちゃで気のいい雄二だ。

「よくさ、……よく、車に乗れるよね。ってか、なに。なに、普通に乗ってんの、あの人」

頭を抱える雄二の手は、カタカタと震えていた。

「あんた、平気？ ダイジョーブ？ びっくーりしたーねー」

戻ってきたヨシナガが、雄二の頭を撫でている。

「はは、もう。だから、ほんとあんた誰なの。っていうか……さわんな」

雄二が強く、ヨシナガの手を払う。

「雄ちゃん」

「姉ちゃんごめん、俺ちょっと。ごめん、寝てないからかもしんない」

「そうだよ」

「そっか」

園子は言いながら、雄二の肩に手を置いた。こうすれば体温が伝わって、体の中の意識がそちらに逸れる。

「休んだら、雄ちゃん」

「うん、ちょっと……いったん休んで落ち着くわ。寝て、そっから、うん……」

母屋に戻る余力もないのか、雄二はそのままふらふらと営業所からガレージへとつながる間に設けられた仮眠室の中に入ると、シャッと音を立ててカーテンを閉めた。どすっと、雄二がベッドに倒れ込む音がした。

「ごめん、海浜公園《かいひんこうえん》」

電話を受けた弓が告げる。

「はい！」

堂下が答えてざっと立ち上がり、準備する。

「女性、吉田《よしだ》様」

「あ」

とたんに堂下が、目を逸らした。

「あ……、あ、ちょっと、……ちょっとお腹《なか》が……痛い、かな」

不自然に体をよじりながら、そそくさとトイレに向かう堂下をいぶかしむ弓に、真貴が手を挙げた。

「あたし、行く。十五分」

「いい？　帰ってすぐなのに」

「いい。むしろ、気分転換したいし」

真貴が二三子を、ちらりと見る。

二三子は、母屋の前で立ったまま、怪訝そうに営業所の様子をうかがっている。

「二三子さん、母屋に入らないのかしらね……じゃ、真貴ちゃんよろしくね」

「行ってきまーす」

真貴が出て行ってしばらくすると、堂下がトイレから出てきた。

ソファですっかりくつろいでいるヨシナガに、堂下が遠慮がちに声をかけた。

「……寒くないですか？」

「寒いよ」

服を着てくれということを、どう言おうかと思案している堂下の顔を、新聞を広げだしたヨシナガが、ふとのぞきこんだ。

「あんた、なんで運転手？」

「え？」

「ははは」

「おかしいですか」

あまり動じない堂下もさすがに気分を害したのか、問い返した。

「運転手の顔じゃないよう」

「え。え、そうですかね」

堂下は、急にうろたえて、身を引いた。

「ねえ！」

ヨシナガは、母屋の前で様子をうかがっている二三子に、同意を求めるように大きな声で呼びかける。二三子が、愛想笑いを返し、首を傾げた。

「ははは」

笑いつづけるヨシナガに、堂下はますますうろたえる。

「え、え。なんでだろ……」

ヨシナガは、新聞を広げて、そのまま読み出した。

「海浜公園。男性。赤井《あかい》様」

再び電話を受けた弓が、告げる。

堂下が、手を挙げた。

「はい。僕、行きます」

大丈夫？　と、弓が目で問うのに堂下は頷いて、ちらりとヨシナガを見るが、ヨシナガはもう堂下のことは気にも止めずに新聞を読んで時折ぶつぶつ言っていた。

「十五分……、二十分で」

堂下が支度を始める。どこかそわそわと落ち着かない様子なので、正露丸《せいろがん》でも渡しておいてあげたほうがいいのか、と園子は思いながら、ヨシナガに声をかけた。

「あの……」

「ん？」

「服……」

「ああ」

気にするなというように、笑顔で手を振られても困る。

「ええと、ヨシナガさん。あの、その格好だとあれなんで。一応なんか着てもらえると」

「……ないじゃない」

にこにこしているヨシナガの、言いたいことが園子にはわからない。

「ないじゃないって言われても」

「洗ってるでしょう？」

「ん？」

洗ってる、とは。

「ゲーしたじゃない」

「え？」

ヨシナガは、にこにこしたままだ。

「あんた、朝。服も、俺の鞄《かばん》も。おえええええって」

「……あ」

「気にすんなヨ」

哀れむようにぽんと肩を叩かれ、園子はなんだかさらに落ち込んだ。

「……じゃ、なにか、兄の服、持って来ます」

「うん」

ヨシナガが笑って手を振るので、園子は母屋へ行かねばならない。つまり。

母屋の前に陣取っている二三子に声をかけざるを得ない。

「入らないんですか？」

わかってて聞くのがもう面倒で、二三子が望んでいるだろうことを口にした。

「大ちゃん、呼んできましょうか？」

「お願いできる？」

園子は、二三子を残して、母屋に入っていった。

「服、服、服、大ちゃん。大ちゃーん、ねえ、出てきてよ」

もちろん、大樹は出てこない。

第三章

1

なんだって、こうなにもかも一緒くたに押し寄せてくるんだろう。

母屋の自室で、大樹は頭を抱えていた。机の上に重ねられた書類の上には、中途半端に記入された離婚届がしわくちゃにされている。

「しー、しししないぞ、離婚なんかしない」

ぶつぶつと、口の中で呟く。

大きな声を出すのは、本来苦手なのだ。

なのに、ときどき胸苦しい衝動が渦巻く。近所中の犬が、音を連ねるように次々に、苦しげに吠《ほ》える夜がある。そんなとき二三子はよく、どうにかならないのかしらと眉をひそめた。娘の三代の眠りが妨げられるのを嫌ってのことだとわかっていても、そのたびに大樹の胸の内はざわざわと騒いで、苛立ちのように沸きたつ苦しさがあった。

大樹は離婚届を摑むと再びぐしゃぐしゃに丸めた。

「……離婚なんかしないぞ……、俺は……、俺は家族を、や、養って……、つ、妻を……、労って……クソ、これ以上、どうしろって……」

子供のころから使っている机の上には、会社の帳簿とこまごました書類の束が積み重なっている。年度替わりの忙しい時期だ。

福ちゃん電機の社員たちは、現場への納品に接客にと忙しそうにして大樹を邪険にするが、事務を始めとした庶務全般は呆れるほどさっぱりやる気がない。

俺らよくわかんないんで、適当にやっといてくださいよ、と、何度処理の遅れた伝票を押しつけられたかわからない。

注意を促す張り紙をしても、幼稚な落書きをされて、まともな改善はされないままだ。

電話や対面以外の細々した仕事を、大樹は黙ってひとりで支えていた。

義父は、大樹の働きぶりを評価してくれていて、それもまた、社員たちは面白くないようだ。大樹は、相談事を持ちかけると根気よく聞いてくれ、すぐに対応してくれると、パートのおばさんたちの信頼を得ており、妻の二三子はなぜかそれがカンに障るようだ。

「お、お、俺にどうしろって、言うんだ」

できることを探して、やってきた。できることを、できる限り。

どうにもならないことがある以上、大樹にはどうしようもなかった。

階段を駆け上がってくる音がする。

「大ちゃーん」

園子だ。キャンキャンあれこれと言っているが、ようは出てこいということだ。出てきて、二三子の相手をしろというのだ。だが、今は二三子と、顔を合わせたくない。

「ねえ、大ちゃん。出てこないと、あの人帰らないよー」

「あっちの夕、タイミングでは会わない！　離婚なんか、し、しない！」

「……それはさあ、二三子さんに言いなよー。……ってか、いいの？　ちゃんと母ちゃんに紹介しなくて」

「あ」

大樹は、勢いよく部屋から出て、園子を押しのけた。

「もぉー、痛いよ！」

「悪い」

大樹は階段を転げるように降りて、ドアを開けようとしたが、聞こえて来た声に固まった。母屋のドアのすぐ外から聞こえてきたのは、母と二三子の声だった。

背中にじわっと汗が浮き上がるのを感じて、そのまま母屋のドアノブを強く握りしめて立ち尽くす。

「誰かお待ちですか？」

「あ、はい」

二三子の声は、遠慮がちだった。

「社長、呼びましょうか？」

「いえ、わたし……主人を」

大樹がドア越しに妻と母の声を聞きながら後ろを振り返ると、階段の一番上に、園子が座っていた。再びドアの外に耳をすませる。

「あ、こちらの社員の？」

母とは初対面だからだろう。他所ゆきの声だ。

「いえ、稲村の」

「稲村って？」

すがるように見るが、園子は頬杖《ほおづえ》をついて、ほらねと眉だけ上げてみせる。

「……稲村大樹の……」

「お嫁さん？」

「え、あ、はい」

ざっと、毛穴が開く。止まらない汗が大樹の背を伝った。

「あ……！　そう、そうですか、あなたが……」

「え、あの……」

二三子はまだ、相手が誰だかわかっていないようで、怪訝そうに生返事をしている。

母はずいぶんと弾んだ声で、嬉しそうだった。

母は、こんな声を出すのか。

成績表やテストの結果を見せると、そういえばよくこんな声を出して、母は喜んだと思い出す。逃避だった。

「大ちゃんとはどこで？」

「はい？」

「どちらで知り合ったの？」

「……職場で……」

記憶を遡って現実逃避しても、ふたりの会話はどんどん進んでいく。

「アップルジャパン？」

最悪だ。

大樹の就職が決まったとき、母は何度もこの名前を口にして、覚えたのだ。

「え？」

「アップルジャパンで会ったの？」

唇を「ど」の形に開いたまま、もう一度、園子を振り返ると、顎をしゃくってさっさと行けと促される。

「……福ちゃん電機ですけど……」

「ああそう、へえ、福ちゃん……？」

最悪だった。母が帰って来てから今までの、他人事《ひとごと》のような現実感のなさが吹っ飛ぶ。これは現実だ。母は、この家に帰って来たのだ。

何をどこから、どう正せばいいのか。説明できる気がしない。

「父の会社なんです」

完全に傷が広がっている。どのタイミングで出て行けば、多少なりともマシだろうか。

「ああ、福ちゃん電機のご令嬢？」

ご令嬢ときた。たしかに、二三子はいつも身綺麗にしていて、家の中と外が曖昧で気楽すぎる格好の人が多いこの町では、ほんの少し浮いて馴染まない。

「あ、はい」

「へえ、そうですか。ええ、こんな素敵な方と」

二三子に初めて会ったとき、大樹もそう思った。顔を合わせるたびに、アルバイトの大樹にも、丁寧に会釈してくれた。

「いや、そんな……」

二三子の声が、少し緩んだ。今か、と、おそるおそるノブを握り直す。

「子供！」

突然、母が大きな声を出す。危うく、ドアを開けるところだった。

「はい？」

「雄二に聞きました。みよちゃん？　女の子。四歳でしょう？」

「ああ、はい」

だめだ、今じゃない。今は無理だ。

「今日はいないの？」

「……ええ……」

二三子は、警戒しているのか、すぐに答えを返さなかった。

「ああ、会いたいわあ。可愛いんでしょうねえ。子供部屋はあっても、子供がいないいんだもの。どちらかにご旅行でも行かれてたの？」

母の声は、二三子の警戒に気がついていないのか、ますます喜色に満ちていく。

「……大ちゃーん、もうさあ、どこで出ても一緒だと思うよ？」

園子が間延びした声で言う。

「じゃ、大ちゃん、服借りるね」

園子は大樹の部屋に入っていってしまった。

「……きょしてるんです。わたしたち……」

「え？」

まずい。

「うそ。大ちゃんそんなことなにも……。まあ、まだちゃんとしゃべってないけど」

そうだ。まだ大樹は、ろくに母と言葉を交わしてはいない。

「ご親戚ですか？」

「……ええ、わたし実は」

母が、名乗ろうとしている。

ためらいなく。

どうして、ためらわないのだろうと、大樹は不思議でならない。

「浮気してるんです！　あの人！」

二三子が叫び、またしても、危うくドアを開けそうになって、自分で自分の手を摑んだ。

「大ちゃんが？」

なにを言い出すのだろう、二三子は。そんな真似は一度もしたことはなかった。社員たちが給料日に好んで繰り出す店にだって、大樹は近寄らない。せいぜい、ひとりでふらりと銭湯に行くくらいだ。体の大きな大樹には、銭湯の広い湯船は心置きなく手足を伸ばせて、たまらなく心地よい。

「うう、うううううう」

「お嫁さん、やだ、どうしましょ」

二三子の嘆きはいつもこれみよがしだ。どんなリアクションを彼女が求めているのか、大樹はわからない。

「わたし、これでも彼に尽くしてきたんですよ。親の反対も押し切って結婚して。すごく反対されたんです」

「そうよね、そうよね」

たぶん、母はわけもわからず調子を合わせている。

父が判別のつかない唸《うな》りを上げているときも、ああして調子を合わせて、大きな丸い背にしがみついていた。なだめるように、落ち着かせるように、何度も何度も背を撫でていた。

「だけど、過去も含めて？　彼を理解してもらうように努めて」

「うんうん」

過去という言葉を、二三子はわりと簡単に使う。ちょっと揉めるとすぐ過去だの理解だの、大樹がもうそれは、どうにもしようのないものなのだと強い意志をもって諦めていることを、引っ張り出してくるのだ。

今を見ようとしないのは、二三子のほうだと大樹は思う。

今だけ。

今だけ見てもらうことが叶《かな》うなら、あるいは。

父親が暴れる。殴る。そして、母が父を殺してしまった。事実だ。

それはもう、起こってしまったことで、大樹にはどうしようもない。

県外の高校と大学に行っていた二三子は、この小さな町の誰もが知っている大樹の事情を、知らなかった。

「亡くなったご両親のかわりに」

「うん?」

やはり、母は聞き流してはくれない。

「わたしが家族として支えようって……、なのに」

「亡くなった、ご両親?」

ああもう。

「はい……」

「亡くなったの? 福ちゃん……」

ああもう、ほら。あまりものを知らない母は、こんなふうにいつも自分の知っているところに、まとめてしまう。

「いえ。うちは両親健在です」

「ああ」

「彼の……、え、ご存じでしょ?」

大樹は、思わずドアを開けていた。開けてから、なにをどう言えばいいのか、見失いながらもまずは、母を見る。

「かか、母ちゃん」

なにをどう言うつもりだと、自分で思う。死んだことにしていたなんて、どう伝えればいいのだ。

「……あなた」

二三子が、ひどく傷ついたような顔で見上げている。こっちも、何からどう言えばいいのか、目を合わせてしまったもののさっぱりわからない。早くしないとまた、二三子の頭の中でメロドラマが始まってしまう。劇的なほうへ、劇的なほうへ。大樹はただ静かに平凡に暮らしたいだけなのに。

「……そんな呼び方、あんまりじゃない？」

「え」

呼び方とは？

なんの話が始まったのだろう。二三子はよく素っ頓狂なことを言ったりしでかしたりすることがあった。すぐ早合点してしまうのだ。

母と、そういうところは気が合うかもしれない。

両親を死んだと偽っていたことを責められると身構えていた大樹は、二三子がなにを言い出したのかさっぱりわからなかった。

「子供産んだくらいで、あなたに母ちゃん呼ばわりされるなんて」

「ち、ちが」

だからなんの話だ。

二三子は、いつも大樹を責める。

大樹は、二三子の心を測りかねて、途方に暮れた。そしてフリダシに戻る。

「わたしたち、いつの間にそんなふうになっちゃったの……」

とりなそうとしてだろう、口を開こうとする母に、必死でやめてくれと首を振る。

「か、かか……母ちゃん母ちゃん」

どうして。

どうして、自分がとりなすことができると思うのか。

「あなた、やめてください、そんな……わたしあなたの母ちゃんなんかじゃ」

二三子の目に、涙が浮かんでくる。だから、そうじゃない。どうしていつも、勝手に盛り上がって泣いたりわめいたり怒ったりするのだと、問いただしたいのに、言葉が詰まって出てこない。

「ちがうの、こっち。こっち、母ちゃん」

母が、自分を指さし、とってつけたように、無理矢理にっかりと笑ってみせる。

「は……？」

大樹は慌てて、ぽかんと口を開けた二三子を見る。二三子は苛立ちを隠さない顔で、母を見て、それから大樹を見上げた。

あなた説明して、と強く睨《にら》まれて、大樹は深く息を吸った。

けれど、口を開いたものの言葉が出てこず、とりあえず二三子の手を取ってみる。

なにを言われるのかと固唾を飲む二三子に、大樹は黙って強く手を引くことしかできなかった。

「……もう」

二三子が、強く手を払う。

「もういい。もう、十分よ。わかった、よくわかりました」

もう一度、無理矢理手を取って、強く引く。力が強すぎたのか、二三子はつんのめって、大樹の腕の中へよろけた。

「お、俺たちの、へ、部屋へも、ももっも、戻ろう」

大樹は、とりあえず二三子の肩を抱き、一刻も早くこの場から離れようと母屋のドアノブに手をかける。しまおう。ひとまず、しまおう。

母を振り返ると、いいから行けと言うように小さく手を振っていた。

摑んだドアノブがおもむろに内側から開いて、思わず二三子を抱いていた手にぎゅっと力がこもってしまった。きゃっと、小さく二三子が声を上げ、大樹を見上げていた。

「どーぞー、ごゆっくりー」

出てきた園子が、あからさまに愛想笑いをしてみせた。

「あ、大ちゃんこれ借りるね」

園子は、ヨシナガさーん、これ着てーっと、大樹の服を旗のように振り回しながら、営業所へ入ってしまった。

「母ちゃーん、お茶飲もうー」

固まっていた母がひゅっと息を呑んで、は、はーい！　と、教師に指された生徒のように手を挙げて応えた。

「……あなた」

その場をぎくしゃくと後にする母の背を見送る大樹の腕を、二三子がそっと引いた。

2

まるでちゃんとした春が来たように、暖かい日が続いていた。もう夜遅いのに、冷え込むこともない。仮眠室のカーテンを閉め切ってしまうと少し汗ばむほどだった。二十三時を過ぎた営業所は、通信台以外の灯りを落として、薄暗い。

「あ、待って。誰か来た」

「えー……、……」

「っ、しーっ」

弓は、笑いを押し殺しながら体をまさぐってくる歌川の手を押さえて、息をひそめた。

「……あ、もしもし？　……あの、……あのな」

堂下の声だった。長いため息のあと、ムリだと思い詰めた声で通話を切る。

弓が止める間もなく、歌川は仮眠室のカーテンから顔を出してしまう。

「うわっ！」

堂下が驚いて叫ぶ。

「仕事上がり？」

「いや、まだ……歌川さんは？」

「俺はもう、今日は」

後ろから必死に弓が歌川の下着を引っ張るが、丸い尻がのぞくだけで、歌川は顔を引っ込めてくれない。

「駅で待機してたんですけど、眠気覚ましに、シャワーでも浴びようと思っ……」

仮眠室で隠れている弓は、堂下の声がなぜ途切れたのかわからず、慌てる。

「あ、うん、シャワー使いなよ」

弓は、ブラウスの前をかき合わせた。慌てているからか、うまくボタンが留められない。つい、腹が立って、歌川の尻を叩く。思いのほか、ばちんとはっきり音がした。

「あ……」

堂下は、歌川が女を連れ込んでいると思っているかもしれない。

「空いてるよ、シャワー。今。ね？」

「はあ……」

堂下は、いぶかしみながらも、洗面所の奥のシャワーへと向かう気になったようだ。見ないふりをしたほうが、面倒がないと踏んだのかもしれない。堂下の足音が遠ざかり、弓は胸を撫でおろした。

弓は、歌川の尻を今度は控えめにぺちんと叩く。

歌川は、おどけるように尻を振って、顔を引っ込めると、仮眠室のカーテンを閉じた。

「あら、堂下さん、おつかれさま」

こはるの声だった。ぱっと部屋が明るくなったのが、カーテンのすそから入ってくる光で分かった。

弓の心臓がさっきよりずっと激しく、ばくばくと騒ぐ。

「シャワー、お借りします」

「ああ、はい。どうぞどうぞ」

歌川とふたり、息をひそめていると、冷蔵庫を開ける音がして、ビールのプルタブを引く音が続いた。

「弓ちゃん、どこ行っちゃったのかしら」

いつも座っている通信デスクの前にいない弓を、こはるは探しているようだった。

「……こ、こっちこっち！」

こはるの声に応えて今度は弓が、慌てて仮眠室から顔だけひょこりと出す。

「ああ、ごめん。寝てた？」

「ん？」

こはるの視線に、ああと合点がいって、慌てて髪を手ぐしで整える。今度は歌川が、後ろからつんつんと弓をつついて遊んでいた。

「ううん、座りっぱなしで腰が痛くなっちゃってさ。軽く横になってただけ」

咎めたわけではないのだと言うかわりに、こはるは手にしていたものを掲げて見せた。

「ねえ、見てこれ」

「え？　……ああ、園ちゃんのアルバム？」

久しく、新しい写真の追加されていないだろう園子の作ったアルバムを見て、せっかくこはるが帰ってきたのに、まだみんなで写真を撮っていなかったなと思う。

「……うん。不思議よ。わたしがいない間なのに、なんだか懐かしいの。弓ちゃんは、コーヒーかな?」

「そうね、ありがとう……」

弓はこはるが流しに立ったのを確認してから、歌川を残して仮眠室からそそくさと出ると、きっちりカーテンを閉めた。

ふう、とこっそり息をついたとたん、母屋のほうからものすごい勢いで何かが飛び込んできて、外へと走り抜けていった。二三子だった。

大樹が遅れて母屋から顔を出したが、結局追わずに、重いため息をひとつつく。

そのまま何か紙をたたんで、母屋に引っ込んでしまったので、ああ、と納得して弓は手元を見た。やだ、マニキュアがはげてる、いや、ネイルと言わないとダサいと娘に笑われるのか。

「二三子さん?」

こはるが、大樹が追いかけないのを気にして心配そうだ。

「なにごと?」

弓が問うと、こはるは笑うような呆れるような、力の抜けた顔で机の上のアルバムを見た。

「死んだんだって」

「え?」

なんの話だろう。こはるの口からそんな言葉を聞くと、少し胸がざわつく。

「わたし」

「なにそれ」

弓は、なにがなんだかわからなかったが、こはるは、説明する気はないようだった。

出ていった二三子が気になるのだろう、こはるは亀のように伸ばした首に引っぱられるように、戸口へと向かった。

「ちょっと、二三子さんの様子見てくる」

こはるがしばらく帰って来そうにないことを確認してから、弓は慌てて、仮眠室のカーテンに顔を突っ込んだ。

「出てきて。早く」

「……あぶなかったー」

歌川は、ちゃんと服を着て、髪も整えていた。

「帰ってよ。もう、いやよ！　わたしこんなの。だから、ここでこんなこといやって」

声をひそめたまま、弓は歌川の胸を叩いた。

「バレなかったじゃん」

歌川の余裕が、癪《しやく》に障った。

「こういうスリル？　わたしいらないの。こういうのはもう、心臓に悪い年なの！」

今ここで再び戯れたいわけではないのに歌川は笑うばかりで、腹が立ってくる。

「しかたねえじゃん。お前んとこ、ばあちゃんいるんだから」

「ばあちゃんだけじゃない、つぐみもいるの」

そう。なのに、隠れて若い男とこんな真似をしている。

ありえない。しかもここは弓をまともに扱ってくれる貴重な職場だ。

「……みんな、俺がつぐみちゃんとつきあってると思ってるよ」

「そんなのありえない」

歌川とつぐみなら、年も近い。みんながそう思うのは、当たり前のことだ。弓はいつも、当たり前からは、少しはみ出して生きてきた。

「え?」

「あんたなんか、つぐみと不釣り合い」

母親の顔になる弓に、笑ってばかりだった歌川が真面目な顔になって言った。

「それ、俺にもお前にも失礼じゃね?」

歌川は、こういうことをさらりと言う。だから、いっときのことで終われずにここまで仲が深まった。

「そのうち、こはるちゃんには言わなきゃなあ」

「俺らのこと? いやそれは……」

歌川を試すつもりで、口にした言葉ではなかった。ただ、いつか誰かに打ち明けられたらという気持ちすら、こはるが帰ってくるまで、弓は抱いたことがなかったのだ。

「昔はなんでも話してたんだから。……わたしのこと、恥ずかしい？」

「や。そういうことじゃねえけど……」

自分が口にしたことを弓は恥じて、声色を変えて歌川を急《せ》かす。

「とにかく、もう帰って」

「追い出すの？」

のぞき込むように目を合わせてくる。そんな歌川を、弓は突っぱねるのが苦手だ。

「いやなら早く、家借りて」

歌川はろくに遊ばず、給料から天引きで積み立てもしていることを弓は知っている。それだけで、弓は十分だった。いつか来るのだろう別れのときにも、歌川には未来のための貯金が残る。

「ちゅーは？」

「中も小も大もない、ほらほら」

「そういう返しがお袋っぽいんだよな……」

弓に背を押されて、歌川が営業所を出ると、しばらくしてこはるがひとりで帰って来た。

「二三子さんは？」

「追いかけたんだけど。もう、ものすごい速さでどこか行っちゃって」

こはるはくたびれて、落ちるようにソファに腰を下ろした。

「気にしないでいいわよ。これ、月に何度かあるから」

弓は、ひらひらと手を振った。

「そうなの？」

「うん、しょっちゅう」

二三子さんは暇なのよとは、さすがに口に出すのを踏みとどまった。

弓には、いつも唐突に始まって唐突に終わる若い夫婦のいざこざは、なに不自由なく育って夫にも子供にも恵まれた奥さんである二三子の、一種の贅沢《ぜいたく》な娯楽に見えた。

「でも、大ちゃんが浮気……」

「してると思う？　あの奥さん、かまってもらえないと、すぐそうやって騒ぐの。……あ、ビールぬるくなっちゃったか。こはるちゃんも、コーヒー飲む？」

少し、頭をすっきりさせようと、席を立つ。

今、弓はこはるをなぐさめるためでなく、少し意地悪を言った。

ブーッと、携帯の音がする。

「ん？」

「電話、鳴ってるね」

「弓ちゃんの？」

ポケットの中の携帯は、震えていない。

「ううん、こはるちゃんは？」

「持ってないもん」

「あ。切れた」

連絡を取りたいのか、取りたくないのか、微妙な長さのコールだった。

インスタントのコーヒーをかきまぜていると、背中越しに、こはるが呼びかけた。

「ねえ、これなんの写真？」

アルバムをめくりながら、こはるが言った。

「どれ？」

「宇治金時を恨んだ日って、書いてある……」

弓は、少し言葉を選んだ。

「あー……、それか。園ちゃんとね、小旅行したのよ」

「ふたりで？」

「うん」

忘れもしない。

とても暑い日だった。

行きと帰りとでは、園子の歩き方はかわいそうになるほど違った。行きはスキップの手前みたいに歩いていた。帰りはまるで慣れないゲタで、血を滲ませた足のまま、さとられないように歩く夏の日の浴衣の娘さんたちのようだった。

「どこ行ったの？　やけに殺風景なとこね」

「わかんない？」

「え？」

「この話は、本人から聞いたほうがいいかもね。あ、お湯沸いた」

弓は、今でも園子にすまないことをしたと悔いている。

園子もまだ、こはると十分には話せていないだろう。

「えー？　これどこ？」

こはるが、アルバムから「宇治金時を恨んだ日」の写真をはがし、近づけたり、遠ざけたりして、目を凝らしている。

「園子、美容師やめたんだってね」

「やめたっていうか、なってない。専門学校、出てないから」

入学式は、下痢止めを飲んで行ったのだ。祝われるはずの日は、あまりに事件から日が浅すぎた。翌日から園子は、吐き気止めも持って歩いていた。

「スナックなんて、あの子には向いてないだろうに」

「がんばってるよ」

弓にはほかに、言いようがなかった。

「……弓ちゃん、旦那とは？」

「え？」

「うまくやってる？」

「死んだ死んだ死んだ」

やはり、時は経っているのだ。

「死んだ？」

「とっくに死んだ。もう十年近くになるよ」

あっという間のような、ようやくのような、走っても走っても人の目がべっとりまとわりついてくるような十年だった。

「そうだったの」

死んだら終わりでないことを、この家の子供たちも否応《いやおう》なく知った。

「長いこと待たせて、やっと籍入れたとたん、死んじゃうんだもん。わたしのこと大嫌いなおばあちゃん置いてさ。ギリギリつぐみは、愛人の子にならずにすんだけど」

本当に、そこは助かったと骨身にしみて感じる。

「おばあちゃんは？」

弓は、ああ、今、絶対鏡は見たくないなと思う。

「認知症だけどね。当分死なない」

「そんな、憎々しげに」

「憎いもん、ほんとに。年取るごとに、家族は理解が深まるなんて嘘。年々嫌いになってく。やれヘルパーさん代えろだの、昼間はうちにいろだの、病院連れてけだのって、もうあれやこれや」

籍を入れることが決まったときは、弓も、夢を見た。

若かったと今振り返ると思う。受け入れられたいと、心を砕いたこともあったのだ。

「でも、家政婦扱いするのはまだいいの。許せないのはあの人、何でも忘れちゃうのに、いまだにわたしを息子の愛人呼ばわりするんだから」

「ひどいね」

「ほんと、ときどき殺したくなるわよ。寝てる間に首絞めてやろうかって」

こんなことを言えるのは、実行しなかったからだ。

口に出すと、少し気が楽になる。

こんな気持ちになる自分を、何よりも持てあました。疲れるのだ、人を憎むことは。

そういう濃厚な感情とは、これでもう縁を切れるのだと思った日があったのに。

「やめてよ」

「ほんとよ。マジ。そういうとき、いつもあなたのこと思っちゃうの。こはるちゃんくらい度胸があれば、わたしもあんな意地悪ばあさん、やっつけてやるのに」

体は営業所にいるのに、心があの家に引き戻されたようで、ああもう、なんでこんなことをと思いながらも弓は口に出すことを止められなかった。

「度胸？」

こはるの、アルバムをめくる手が止まっていた。

「わたしはさ、こはるちゃん。あなたのしたこと、何年経っても、とうてい責める気にはなれないのね。だって、子供たち守ったんじゃない。自分を犠牲にしてさ。あのひどい、狂った暴力亭主から救ったのよ。あなたのその、度胸っていったら」

「度胸じゃない！　……だぞ」

頰を張られるような、強く鋭い声だった。

「……え？」

弓は、こはるを見たが、こはるは顔を上げなかった。

「……度胸じゃないでしょう？」

こはるが、昂《たか》ぶるものを無理矢理抑えるように、胸を大きく喘《あえ》がせた。

「そうか。……そうだね」

たしかに、褒められたことじゃない。

どんな理由であれ。

それが、世間の正しさだろうから。

「うん。そんなこと、言うもんじゃないよ」

こはるの口から出たその言葉が思いのほか、弓に疲労を自覚させた。

「……ごめん」

弓は、息を吐こうとしてうまく吐けずに、ごくんと生唾を飲み込んで、謝った。

けれど、正しさがなんの歯止めにもならないことは、この世にあるのだ。

「度胸じゃない……うん」

自分自身にも言い聞かせるように、うんうんと何度も頷きながら呟くこはるを見て、
どうしても、堪えきれない熱さがこみ上げて、弓は言葉にしてしまった。

「……でも、じゃあ、……なんだろうね？」

本当に、なんだったというのだろう。ならどうするのが、正しいのだ。

「え？」

「度胸じゃないなら」

正しさだけでは、逃れられない苦しみを、断ち切ることのなにが悪いのか。

「…………」

　こはるは、言葉を失っていた。

　昔より関節の太くなったこはるのてのひらの下には、開いたままのアルバムがある。

　こはる自身にもわかるわけがない。

　それでも、戻ってきたのだ。

「こはるちゃん」

　弓は、町中の誰も自分のことを名で呼ばないような気がして、誰とも目を合わせられずにいたとき、こんなふうに名前を呼んでくれたのがこはるだったと思い出し、真似てみた。

「……なあに、弓ちゃん」

「あ」

　ふいに低い男の声がして、あ、堂下さん戻ってきた、と気まずい思いをする間もなく、カッカッカッと足音が雪崩れ込むように飛び込んで来た。血相を変えた二三子だった。

　いつの間にかシャワーを終えて、気配を殺していたのだろう堂下にぶつかる。

「すみません」

　なぜか、ぶつかられた堂下のほうが謝って、ぶつかった二三子がきつい目をして睨む。

　女が怒っているときの顔は、なかなか見苦しいものだが、二三子は、白い肌が薄赤く上気して、美しかった。二三子はそのまま、営業所の引き戸を開け放ったまま中庭へ出ると、母屋のドアを派手に叩きだした。

「あなた。あなた、どうして追いかけてこないんですかっ！」

あっけにとられて、弓はこはると目を合わせる。

「……どうしました？」

堂下が、こはるに聞いたところで、二三子がまくし立てる。

「いつもそうじゃないですか！　大事なことはなんにも言わないで。お義母《かあ》さんのことも嘘ついたくせに。わたしが出て行ってもそのまんまじゃない。迎えに来る気なんてないんでしょう！」

二三子は母屋のドアにすがって、くずおれた。

こはるが、中庭を見たあと、弓を見る。

「こんなのが、月に何度か？」

そうそうと、頷く。堂下は、見てはいけないもののように、ちらちらと見るだけだった。

「近所に家がなくて良かったよ。これだけ騒いだら、菓子折持って回るところよ」

二三子の声はよく通る。

「夜道をひとりで歩くの、怖かったわ！」

泣いてはいるが、声はいっこうにか弱くも細くもならず、むしろどんどん大きくなった。ドン、と強くドアを叩く音がする。

「どうして出てこないの？　あなた、今度はわたしを締め出す気ですかっ！」

弓は、こはると目配せして、なんだか笑ってしまった。

「あの奥さん、絶対メロドラマ好きよね」

こはるが、目だけで笑って頷くと、どんなアンテナなのか、二三子がぐるりとこはるを振り返って、涙目で睨んだ。

「………」

こはるは、神妙な顔をしてみせる。もちろん弓もだ。

ガチャリと母屋のドアが開いて、二三子が嬉しげな声を上げる。

「あなた！」

「なんだよ？」

「え」

だが、出てきたのは大樹ではなくヨシナガだった。

「ヨシナガさん」

「ん？」

こはるが慌てて、こっちこっちと手招いて退場させようとする。

ほどなく大樹がのっそり出てきて、詫びるように何度もヨシナガに頭を下げつつ、ヨシナガをどかして、二三子の前に立つ。

さらに、弓とこはるが必死にこっちに来いとヨシナガを手招くと、ヨシナガは案外おとなしく営業所のほうへ来て、三人揃って、中庭の前のふたりを見ないふりをしながら様子をうかがう。

「も、戻ろうよ」

大樹がぎこちなく手をのばすが、払われる。

「いやっ！」

二三子はそっぽを向きつつも、ちらりと大樹を見ている。

ああ、面白い。

弓は、やっぱりメロドラマって面白いのよねえと、口には出さずに、二人を見物することにした。

「あなたは、わたしに戻って欲しくないんですよ」

「そそそそそ、そんなこと」

「わかってる。好きで結婚したんじゃないんだもの。うちの会社と、三代目の肩書きが欲しかっただけでしょ」

どうしても、二三子は大樹の言葉を待てないようだ。男女のすれ違いの基本だ。

「違う。俺は」

弓は、まだまだ盛り上がりそうなやりとりを見るお供に、この間いただいた、少し湿《し》気《け》り始めたお煎餅でもあればいいのにと思った。菓子鉢に盛ってある最中《もなか》は、まだお客さんに出せるので手が出せない。経費削減は大事だ。

「なに？」

「ちちち違うだろ？　おま、おまおまおまおまおま」

「おまおまおま、なによ？」

こはるの肩に、力がこもる。

「おま、お前がお前が」

「言うことないからドモるのよ」

こはるの手が、固く拳になった。

「もういい」

「え？」

「勝手にしろ」

大樹の声は低く硬い。

「ほら。こういうときは、ドモらない。怒ってれば、ドモらない。だからそうやって、なんでも切り捨てて……」

「………」

二三子のこういうところが、大樹を追い詰めるのだろう。

「図星つかれるとおまおままーって、なんなのよ」

そして、大樹の沈黙が、二三子を不安にするのだ。弓にはそう思えてならない。

そのときこはるが、唇を引き結んだまま、菓子鉢の中の最中を鷲《わし》づかみにして中庭へとかけてゆく。

「あっ」

それまだお客さんに出せる、とは、口に出さずに踏みとどまる。

「痛っ、え?」

こはるは、最中を二三子に投げつけながら、このっこのっと小さく呟いていた。

「このやろう……、おまおまって、大ちゃん馬鹿にすんじゃないよ」

「ちょっと」

二三子は、案外機敏によける。だが、こはるは、えいえいと投げ続けた。

「奥さん」

みかねた堂下が、中庭へ出てゆき、こはるの腕を引いて止めた。

「なんだこんにゃろう、お嫁さんこのやろう」

「お嫁さんこのやろうって……」

それでもなお収まらないこはるに弓もかけより、背中に手を添え撫で下ろす。

「こはるちゃん」

「あんたお嫁さんでしょ？　お嫁さんだったら」

ヨシナガが、ちゃっかり散らばった最中を拾いに来ていた。でかした。

「お嫁さんだったら？」

ヨシナガの問いに、こはるの肩から力が抜ける。

「お嫁さんだったら……」

こはるは、その先を続けることができなかった。

一瞬静まりかえったところに、ガララと引き戸の開く音と一緒に呻《うめ》き声が響く。

「俺が死ぬ、マジ死ぬ」

雄二だった。

そう。いいタイミングよ、雄ちゃん、と弓は胸の内で呟く。

「ほら、あともう一歩」

仕事帰りの園子を背負って、ヨロヨロと入ってくる。

「ついたーーっ」

営業所のソファに園子を下ろすと、雄二はへたり込んだ。

「だー……、マジ疲れた」

「だから、車で来いって言ったじゃん」

「運転できないもん、俺。……え、なにこの空気、なんかあった？」

弓は、ようやく中庭からの一同の視線を感じて警戒する雄二と目が合った。

「ううん」

なんでもないよと首を振ってやるが、むしろ何かを察したような微妙な顔をしている。

「ただいま」

同じく空気を察して明るい声を出す園子に、なぜかヨシナガが元気に答えて営業所に戻ってくる。

「おかえり！」

園子はさっとヨシナガから目を逸らす。夫婦を残して、みんなぞろぞろと営業所へと戻った。

「……迎え呼んだら雄ちゃんが来るんだもん。徒歩で！」

「飲んでないなら、自分で車……」

「わたしも免許ないもん」

中庭では毒気を抜かれたように、静かになってしまった二三子の肩に、大樹が手を置いた。

「入ろう」

そうだ、今よ、大ちゃんそのまま抱き寄せて部屋にしまって、と弓は密《ひそ》かに念じる。

「か、帰る？」

「うっ……」

　目からまた涙をぼろぼろとこぼす二三子は、そのまま大樹に肩を抱かれ、ようやく中庭から母屋へと帰っていった。二三子の睫毛《まつげ》は泣いても落ちないのだなと思いながら、弓は二人の背を見送った。

「どうしたの？」

「ああ、また？」

　雄二は、まだこの恒例行事に馴染みがない。

「うん」

　弓は園子と頷きあった。

「え？　またってなに」

「二三子さんの被害妄想。かまってちゃん病」

　こはるが、いつもの顔に戻って、堂下を気遣った。

「堂下さん、ごめんなさいね」

「いえ」

　こはるは、うつむくと雄二と園子から顔を逸らした。

「顔洗ってくる」

「こはるちゃん！　……ごめん、わたしが度胸なんて話したから、こはるちゃんに火つけちゃった？」

たまらず、弓が詫《わ》びるつもりで言葉を投げると、くるりと振り返ったこはるが、困ったように眉を下げたままどうにか笑って、言った。

「わたしも殺したい姑《しゅうとめ》の仲間入りかも」

だね、と弓も笑う。

奥の洗面所へと行くこはるを追おうとした弓に、携帯を握りしめた堂下が、ひょいと頭を下げた。堂下の首はけっこう長い。

「ちょっと、出てきます」

「はあい」

弓が応えると、堂下は足早に外に出て行った。そういえば堂下は、電話をかけようとして、かけられずにいたなと思い出す。

雄二は一服がてら、中庭へ出て行った。

こはるの座っていた場所に座って、ヨシナガがアルバムをめくっていた。

「あのそれ……勝手に見ないでもらえます？」

園子が見咎めて言う。

「誰の？」

「わたしのですけど」

園子はアルバムに見入るヨシナガに声を尖らせた。

「これあんた？　可愛いねー」

ひらひらとかざした写真は、アルバムからはがされたもののようだった。

「あ、ちょっと、なんではがしちゃうの」

「はがれたでしょう？」

洗面所からは、ばしゃばしゃと激しい水の音がした。

弓は、洗面所にも行きづらく、営業所へも戻りづらく、二人のやりとりを聞いていた。

「……え、可愛いかな？」

「可愛いよー、何歳の？」

「二十六、七？」

「可愛い可愛い、チャウチャウみたい」

チャウチャウはないだろう、と弓は思いながら、あ、でも酔っ払った次の日の爆発頭の園子は、ちょっとわしゃわしゃしたくなる、とも思う。

「なんで写真、泣いてるの」

「泣いてないですよ」

「泣いてるよ」

思う。

「泣いてるよ、顔腫れてるよ」

ヨシナガが、ちゃっかり最中を食べている。お茶もなしに、よく食べられるなと弓は
思う。

「それはもともと！　なにディスってんのよ？　……あ、あー……」

ヨシナガから、写真を取り返した園子が、写真をまじまじと見た。

「ほんとだ泣いてる。よくわかりましたね」

「……受験戦争？」

ヨシナガが気の毒そうに、予想外の言葉を口にする。

「ううん。え。そういう言葉はわかるんだ？」

「なんで？」

「なんでって」

「だってこれ学校でしょ？」

弓にはうっすらわかってしまった。アルバムからはがされていた写真が、どの写真だ
ったのか。

「これ？　……これ、刑務所の前」

「むしょ」

「母ちゃんが出所する日、弓さんと一緒に会いに行ったの」

「あーん」

弓はなんだか、出るに出られない。

「でも何時に出てくるのかわかんなくて。朝から待ってたの。すっごく暑い日で、わたし、貧血になっちゃって」

ヨシナガに説明するというよりも、ゆっくりと記憶を写真から吸い出すように、園子は言葉を重ねてゆく。

「それで泣いた？」

「ううん、で、弓さんが、近くの喫茶店にかき氷食べに連れてってくれて」

「それで泣いた？」

「まだ！　……で、そのかき氷食べてる間に、母ちゃん刑務所出ちゃってたの」

いつか園子が、こはるに話せるといい。

「……それで泣いた？」

「それで泣いたよ。……二度と、会えなくなったと思ったから、そのときは」

園子が写真をアルバムに丁寧に貼り直した。

「……牛、飼ったことある？」

ヨシナガは、やはり謎の人だと弓は思う。

「なんで話変えるの？」

「牛」

「ねえよ。普通」

園子が吐き捨てると、ヨシナガは続けた。

「俺はね、牛に足踏まれてね、泣いたことある」

「あ、そう。痛かったでしょ」

「痛くないの。痛くちゃ泣かないよ」

「日本語変ですよ」

「……動かないのよ。牛踏まれたら、足、動けないの。折れちゃうから」

「どかせばいいじゃない？」

「どかないよ！」

「ああ、うるさい」

「動けなくてね、泣いたよ、一晩泣いたよ」

ヨシナガは、いたって神妙な顔で何度もうなずいた。

「ふうん……」

なんだか、流されて納得しそうになった園子が、はっとした声で抗《あらが》う。

「ね。それとこれとを一緒にしないでくれます？」

「ははは」

ヨシナガの、誰がどう聞いても明るい笑い声と、電話の音が重なって、園子が電話に駆け寄った。

「はい、稲丸タクシー……ああ、ちょっと待ってね。弓さーん、つぐみちゃーん！」

は、はーいとようやく出ていけることにほっとして、弓は電話を受け取った。

「痛くちゃ……痛いと……？　痛かっても？」

ヨシナガは、まださっきの言い回しを探っていた。

「こんな顔してたんだな、あたし」

園子はヨシナガから取り返した写真を、じっと見つめた後、アルバムにしっかりと貼り直した。

「あー、さっぱりした」

と言いながら、洗面所からこはるが戻ってくる。園子の顔を見たとたん、無理矢理作った明るい声ではなく、膝を折り、幼い子の顔をのぞきこんで話しかけるときのような声で問う。

「園ちゃん、どうした？」

「……ねえ、母ちゃん。今度、かき氷食べに行こ」

園子はチャウチャウのように、どこが目なのかわからないほど、顔をくしゃくしゃにして微笑んだ。

「ええ？　まだ寒いよ？」

「痛くっても……？　痛くても泣かない？」

ヨシナガは、まだ日本語を確認している。

「痛くても泣かない」

そう言った園子の顔は、弓からは見えなかった。

目にしたこはるが、ただ、立ちすくんでいた。

弓は思う。

さっき、ばしゃばしゃと派手な音を立てて、いつまでもいつまでも顔を洗っていたこはると、娘の園子は、やはりとても、よく似ていると。

第四章

1

「もしもし、俺だ……ええと、お父さんだけど。元気か？　特に用ってことはないんだけど……あ、この前、お前が言ってた深夜の番組見たよ。面白かった。お笑いの……名前忘れちゃったな」

煙草を切らしてしまった雄二は、中庭からふらりと外へ出たとき、堂下のうわずったような弾む声を聞いた。堂下は、長身を折るように曲げて、携帯を手にして、さらにその手を包むように話していた。

「あの、とりあえず、今週いくらか送るから」

気づかぬふりをして足を速めようとしたとき、うっかりつまずいて、音を立ててしまう。

「良かったら、連絡くれ。じゃ、また」

立ち去ろうと足を速めた雄二の背中に、堂下が声をかけた。

「あの」

「あ、すいません」

「いえ」

たぶん、堂下は電話の会話がどこまで雄二に聞こえたか気になるだろう。雄二は、少し迷った。聞こえないふりをするには、無理がある距離だった。

「……お子さん、いるんですね」

いっそこちらから訊《たず》ねたほうが、事情を言うにしろ言わないにしろ、堂下が気に病まずにすむだろうと雄二は踏んだ。

「ああ。はい息子が。でも小さいときに別れて」

「連絡、来るころには、思い出せるといいですね」

「え？」

「お笑い芸人の名前……」

「……はい、はい！　いやあ、すぐに名前忘れちゃうもんだから。最近のお笑い、案外面白いもんなんですねえ」

あまりに嬉しさが滲み出ている堂下に、雄二は怯《ひる》むような、苛立ちのような、我ながら理不尽な気持ちが湧いて、戸惑う。

「じゃあ」

「ああ、いってらっしゃい」

少し歩いたところで、また堂下が声をかけてきた。

「あの！」

「え？」

雄二は振り返ったが、目が合っても堂下は何かを言いあぐねていた。

「……ああ、大丈夫。言いません、誰にも」

「いや、ええと、……よかったですね、お母さん」

「え？」

「帰ってこられて」

どうかな、と口の中で呟く。

けれど、息子と電話で話す堂下のさっきの弾む声が蘇《よみがえ》った。

子供じみた八つ当たりをぶつけるのは違う気がして、雄二はなんとか口を開いた。今度は聞こえるように、雄二なりに声をちゃんと出す。

「ありがとうございます。すみません、なんかうち、いろいろ落ち着かなくて。さっきも」

「いいえ、いいえそんな」

埃《ほこり》を舞い上げる急な風が、雄二の目の中に、口の中に、塵《ちり》をぶつけながら吹く。

雄二は背を丸めて、ポケットの底を突き破るように強く手を突っ込んで、暗い道をずんずん歩いた。

ろくに名前も覚えていない、たぶん興味なんかないお笑い芸人の話を、あんなに嬉しそうな声で、話すものなのか。父親というものは、血走った目で罵って、逃げても許しを乞うても、追いかけて来て目の中に赤い色や緑の色が見えてくるまで、何かに打ち付けたり何かをぶつけたりするものではないのか。蹴ったり殴ったり、雄二の知るそういう生き物とは、堂下は違うもののようだった。

大樹が結婚すると伝えてきたとき、雄二は正気を疑った。

結婚なんかして、うっかり子供ができたらどうする。

その子供を、いつか、その先は想像することすら雄二には恐ろしい。

指先が震えてしまうほど。

「金送る、か……。あ」

すいぶん慌てた様子で、走って行く弓の姿が見えたが、雄二は声をかけなかった。

コンビニまで、もうしばらくある。まだ店の灯《あか》りも見えない。

園子に、甘いものでも買って帰ろうか。どうせ吐いてしまうのに、酔った園子は甘いものを買って帰りたがった。今日は酔っていないから、吐いて無駄になることもないだろう。

「あー……、だりぃ……」

やたらに足が重いのは、さっき、園子を背負って帰ったりしたからだ。

園子は、なま温かくて重い。

園子が店でまとわりつかせてきた、煙草と女たちの香水の匂いは、遠い日に父を迎えに行った店のドアを開けたときを思い出させた。酔いつぶれた父を、大樹と必死に両側から支えて引きずって帰ったことがあった。

母は。そして、園子は。

どうして。

暗い道をときおり車が走り抜ける。

大きな通りに出ると、海からの風が一気に強くなった。

コンビニはまだ先だが、このまま歩けば辿り着く。

自分も園子も、何か大切なものを選ぼうとするたびに間違えてしまう。

店から帰るとき背負った園子の腕に、痣があった。ふざけて背に飛び乗ってきたときに、あらわになった腿《もも》にも。

やはり、なにか園子の喜びそうな、甘いものを買って帰ろう。

「あれー?　雄ちゃん、どしたの」

空のタクシーが、横に寄ってきて、真貴が顔を出した。

「雄ちゃん、どしたの」

「モー、おつかれ」

雄二の顔が少し緩む。海からの風が吹いてきて、心地よかった。

「なに、コンビニ？」

「うん」

助手席のドアが開いた。

「乗ってく？」

「うん」

さっきまで乗っていたのだろう客の匂いがこもっていて、雄二は窓を開けた。

「ちょうど、営業所戻るとこだったんだ」

「女の子がこんな遅くまで危なくない？」

「女の子って」

「女の子でしょ」

雄二は、真貴の髪が好きだ。仕事中はひっつめにしてきつく縛っているが、ほどくと真っすぐで綺麗なのだ。

「あのさあ、雄ちゃん」

「なに」

「ボウリング行く？」

真貴は雄二の発散する気配を感じないふりができない。そんな真貴につけいるように甘えてしまうのは、今日が初めてではなかった。雄二の苛立ちやさみしさやり場のない衝動を、真貴ならなだめてくれることは、わかっていた。

「うち来るって、言われるかと思った」

「え、なに言ってんの」

目をきょろきょろさせる真貴の耳が、赤くなっていく。

「……じゃあ、ドライブする？」

「え。あ。こ、今度！」

「じゃあ、コンビニ寄ろっか」

「……うん」

真貴に、何か甘いもの買ってやると言うと、え、あたしおにぎりがいいと真顔で返された。やっぱ米っしょと笑う、生きる力の強い真貴を、雄二は好きだなと思った。

2

堂下が営業所に戻ると、弓が忙しなく荷物をまとめていた。

「こはるちゃん、ごめん。今日、上がらせてもらっていい？　も〜、おばあちゃん、こんな夜更けにどこ行く気なんだろう」

「またいなくなっちゃった？」

「うん。堂下さんも、すいません」

弓は、こはるだけでなく自分にまで頭を下げる。

「いえ」

堂下は、恐縮した。

「おつかれさま。こっちは気にしないでいいからね」

「ほんとごめんね。また明日」

弓は、いつも自分以外のことで走り回っているように堂下は思う。迷子は、子供ばかりがなるものでもないようだ。

「僕も、駅前に戻ります」

稼ぎたい。

堂下は、腕まくりでもしたい気分だった。

自分が食べるためだけに働くのと、息子のために働くのと、こんなに違うものなのかと今さらながら知ることができて、まだ日が浅い。

「さっき電話、大丈夫だった？　堂下さんも、なにかあったら遠慮せずに言ってね。お休みもけっこう融通きくって進ちゃんが。堂下さん、ずっと真面目に入ってくださってるって聞いてる」

「いや、帰ってもすることないですしね」

堂下は、こはるがここへ帰って来てから、タクシーを丁寧に洗っているのをときおり見かけた。冷たい水で、隅々まで綺麗に洗い上げるだけでなく、車内のシートも拭き上げている。たぶん、毎日欠かさず全てのタクシーを洗っているのだろう。

「堂下さんは、おひとり？」

労るようなこはるの声と目に、堂下はつい打ち明けたくなった。

「ええ。今は、……あ、でも、息子がいるんです」

「そうなの。お子さん、おいくつ？」

「十七になります」

気紛《きまぐ》れに寝ただけで、膨らんでいった女の腹の中にいたのに、ちゃんと生まれて、ちゃんと育ってくれた。

「十七……そろそろ親離れの時期？」

「いや……親離れもなにも、ほとんど会わないんで」

そうだ。そもそも、堂下は息子のことをほぼ知らない。肉が好きだということと、お笑いが好きなこと。それと、自分に似た頬骨の高い顔は、ニキビひとつなく、つるりとしていること。

「え？」

あと、今度バッティングセンターに行こうと話していたので、野球も好きなようだった。いや、こちらに合わせてくれただけかもしれない。

「まだ小さいときに離婚して」

「ああ」

こはるに打ち明けられることの少なさに、自分のしてきたことが頭をよぎった。

「……でもね、今年になって急に向こうから連絡くれたんですよ。受験したいんだけど、相談に乗ってくれないかって」

本当に、唐突だったのだ。

相談に乗ってくれないかと、息子が言った。

お父さんと、息子が呼んでくれたのだ。

「嬉しかったでしょう？」

「そりゃもう。この前、久しぶりに会ったんです。待ち合わせ場所で、顔見てもわからなかったらどうしようって、内心不安だったんですけど」

家を出る前と、駅と、トイレと、店の前と、堂下は何度、鏡を見ただろう。

おかしなところはないだろうか。

果たして自分は、まともに見えるだろうか。お父さんらしいか。

「ちゃんとわかった？」

「ええ、だってそっくりなんですよ、わたしと顔」

「そっか」

こはるが目尻にとても深い皺を刻んで、微笑んだ。

「嬉しかったな、あの夜は……飯食って、帰っただけなんですけど……変わらないものがあったっていうか」

ああ、思い出すだけで、腹の中が暖まる。

堂下は、こんな気持ちを久しぶりに感じて、自分が立っている地面だけ柔らかく沈み込んだような心地がした。足の裏を宙に跳ね上げる遊具はなんといったか。

むかし妻がどうしても息子と遊んでやってくれと泣いて頼むので、たった一度だけしぶしぶ連れ出した先で小さな息子が喜んだ、名前を忘れたその遊具で弾んでいるような気がした。ああ、そうだ。あれは、トランポリンだ。怪獣の形をしていて、腹の中に入っていって、転げ回ってはねる。

「すいません、ぺらぺらと」

「……ううん。わかるわかる。わたしもさ、帰ったらなにもかも変わってるだろうって、覚悟してたけど、……この会社も残ってたし」

この人は、夜の道をひとりで歩いて帰って来たのだった。

「ほら。昔の雄ちゃんのエロ本もそのまま残ってた」

そういってベッドの下から雑誌を取り出す。

「それは、やめてあげたほうが」

さっきの雄二の、ほんの少しの間の沈黙を思い出す。優しいところのある人だ。

「あの子は忘れてるわね」

子供なんて、そんなもんだと堂下は思っていた。

自分にも親はたしかにいたけれど、できれば見ないふりをしたい、思い出したくもない。堂下にとって、実の親とはそういうものだった。

「……こはるさん、勇気がいったでしょう？　こちらに帰ってくるの」

受け入れてもらえるだろうか。

それ以前に、疎まれ、憎まれていないだろうか。

親など最初からいなかったように、忘れられてはいないだろうか。

ありとあらゆる怖しさから逃げ出さずに、こはるはこの家に帰って来たはずだ。

「……決めてたから」

「……たくさん、話をされるといいですよ」

こはるは、家族と一緒に暮らせるのだから。

こはるは、帰って来られたのだから。

「うん」

こはるは、子供たちを守った英雄なのだ。

堂下は思う。自分とこの人は、あまりにも違う。

「羨ましいです」

堂下の目には、こはるは強く眩しく、そしてまっとうな親として美しく映った。

「ごめんなさい、もう出るところだったのに」

「いえ。いいえ。あの、いってきます」

「いってらっしゃい。気をつけて」


ドサッと乗り込んできた若いカップルの客からは、酒の匂いはしなかった。

「お客様、どちらまで」

「ねー、トモ、どこ行くの」

「ひなちゃん、ちょっと静かにしててね」

この時間帯の客にしては珍しいと、ミラーに映った顔を見て、堂下の眉間にくっきりと皺が寄る。男の方は知った顔だった。名を友國《ともくに》という。

「とりあえず東京まで。高速乗ってもらっていいっすよ」

友國が、悪戯でもしにきたように、にかっと歯を出して笑う。

「降りろ」

堂下の舎弟だった少年は上背のあるいっぱしにスーツを着込んだ大人の男になってい
て、堂下が足を洗ってからも、たまにこうして周りをうろちょろしたがった。

「お化けって言うんですってね、こういう長距離客」

後ろにタクシーが並んだので、とりあえず乗り場を離れようと車を出す。

「てめえ、わざわざ何しに来た。この時間、いい客つくんだから、降りろよ」

「やだなあ兄さん、俺客っすよ。お化けですって」

「ふざけてねえで適当なとこで降りろよ、迷惑だ」

「今日も朝まで仕事っすか」

兄さん、昔からキンベンでしたもんね、と、後部座席から強く運転席を蹴る。

「ヌルいことすると、こうやって。ねえ、俺よく怒られて。歯医者の姉ちゃんと仲良くなりましたもん、懐かしいっす」

「は？　なにそれ」

「あっ、ちがう、ひなちゃん、昔の話だから。ずーっとずっと昔ね」

スマホでゲームをしていた若い女に、友國が蹴られていた。

「この前、電話してきただろ、うちの営業所に……なにが弟だよ」

「へへ……兄さんに拾ってもらったんすから、いいじゃないっすか。年の離れた弟で」

この男も、昔、堂下の乗る車を新車のようにぴかぴかに磨き上げていた。一度、鳥の糞《ふん》がついていたことがあって、それからだった。

「職場来んなっつったろ、馬鹿野郎」

「すいません、でもあれですね。感じのいいおばさんっすね。なんか話弾んじゃって」

友國を東京まで乗せる気はなかったし、「仕事」の話なら、電話一本ですむはずだ。

「褒めてました、兄さんのこと。真面目で働き者だって。おかげさまで、助かってますって。けっこう馴染んでるんっすね、よかったじゃないですか」

そもそも、今さら友國がこんなところまで出張ってくる理由がわからなかった。

「無理だよ」

「え？」

友國が、後部座席から運転席にもたれかかる。煙草の匂いもせず、代わりに柔軟剤の甘ったるい匂いがした。よく園子と雄二が洗たくものに使うな、使ってやったのになんだと揉めているので、匂いの正体を知ったばかりだ。

この車には、ドライバーの身を守るための透明な仕切りがついていない。

だが、堂下はここで引く気はなかった。

「無理だから。直接受け渡しは」

「いや、違います。システム変えることになったんで」

あっけらかんと友國は言った。

「え？」

「受け渡しの。今までのやり方だと、結局俺が間に入ることになるんで、二度手間だったんですよね」

友國は、またドサッと座席にだらしなく背を預けると、爪をいじり出して、ヤクザも効率化っす、と呟いた。

「どうやるんだ」

「はい。まず、こっちに配車の予約が入ります。これまでどおり、赤沢さんとか、青山さんとか、色の名前ですね。で、目的地で彼らを乗せてもらったら、わざと忘れて帰りますから。ブツを。そしたら」

堂下といたころ、いつも荒れていた友國の指は、驚くほど綺麗に整えられていた。もう、車を洗うことも、人を自分の拳で殴ることもないのだろう。いつも小汚い運動靴だったのに、ちゃんと革靴を履いている。革靴の硬い靴底は、なにかと役に立つのだ。

「別の客乗せて、持ってかせりゃいいのか？」

「はい。決まった場所で拾ってもらうか、こっちに予約入れるようにするんで」

「手間のかかることすんだな」

「ねー、トモ、どこ行くのー」

「しーっ、ひな、もうちょっと静かに」

ゲームの音が派手になった。腹いせに音量を上げたのだろう。

「そのぶん、運ぶもんも大きくなるってことで」

へへっと、友國が笑う。こんな話をするために、女連れでわざわざこんなところまで足を伸ばすとはやはり考えられない。

「もう帰れよ」

友國は、堂下の新しい暮らしを案じているのだ。今、またこうして友國と「仕事」することになる前も、本当にいいんすかとしつこかった。

「え」

「こんなん、電話で話しゃすむことだろ？」

「仕事ぶり、見てみたくて」

「あ？」

ミラー越しに顔をのぞくと、友國は、睨みをきかせて凄《すご》むでもなく、ただ自分の指先を見ていた。隣で、ふてくされたように外を見ている女は、ゲームにも飽きたようだ。

「あれ……、映画の。あれ、思い出しますね。『タクシードライバー』」

「デ・ニーロ？」

面倒なことを、言い出す予感がした。

堂下は身構えたが、友國はそのまま映画の話を続ける。

「デ・ニーロ。俺、ファンなんで。若いころ観《み》たんですけど、いや、あのデ・ニーロって、辛気くさいじゃないですか？　寂しい男っつうか。悪いけど、こういう男になりたくないなって。むしろ、あの、途中で出てくる武器商人？　派手なネクタイして、かっこつけてるやつ。俺、あっちんなろうって、思ったんですよね」

「……なってんじゃねえか。さ、もういいか」

「兄さん。ほんとに、この仕事続けるんすか？」

友國がなぜこんなことを言い出すのか。わかっていて、堂下は知らぬふりをしていた。

「は？」

ミラー越しに見る友國は、悔しげに自分の膝を握りしめて外を見ていた。暗いだけの、ろくに看板すらない、海沿いの道だ。

「こんな場所まで越してきて」

「便利だろ？　港にも空港にも近いんだから」

「だから！」

友國のこんな声を、堂下は何度も聞いた。

足を洗った後、見舞いに来たときもたしかこんなふうだった。

「タクシーの話じゃないっす」

わかってはいる。堂下のために、友國は焦れている。

「せっかく苦労して足洗ったのに、なんで俺の下についてまでまたちゃちな運び屋なんて、やるんですか？」

堂下は車を止めた。

「降りろ」

フェリー乗り場の近くなら、タクシーも捕まりやすい。そのまま友國を置いてここを離れても自分でなんとかするだろう。

降りようとしない友國を、首の後ろを摑んで引《ひ》き摺《ず》り出す。昔より重く感じるのは、友國が育って、堂下が年を取ったからだ。はっきりと、体でその時の重さを感じる。

「何すんだ、おっさん！　トモにさわんな！」

「あっち行ってろ、ガキ」

女の細い拳を振り払う。

アスファルトに放り出した友國が堂下にすがりついて喚《わめ》いた。

「金、金なら！」

「なんだぁ？」

足蹴《あしげ》にしたところで、今堂下が履いているのは、底がゴムのエセ革靴だ。長時間履いても疲れないいし、痛くならない。手入れだって、簡単だ。実際、友國はたいして堪えていない。

「金、欲しいなら貸しますよ。金渡せば息子さんに、会えるんすよね漁師でも、一人で食ってけてたじゃないっすか」

そうだ。ひとりなら、どうとでもなる。

実際、どうとでもなっていたし、思いのほか性に合って、馴染んでもいた。

多少荒っぽいが、勝負師の多い、けれど地道な作業の積み重ねの漁師の暮らしは悪くなかったのだ。

だが、あの日、電話がかかって来た。息子から。

声変わりはしているけれど、まだ子供じみた声で敬語を使った。

「正直、嫌なんですよ。あなた、車の後ろに乗る人だったでしょ。運転席の俺を、後ろからドカドカ蹴るような。兄さんだって、俺に使われるの気分悪くないですか？」

今の堂下にとって、メンツなんてものは、どうだっていいことだった。

「……一人じゃないからだよ」

もっと大事なものを、もともと堂下は持っていた。

けれど、そのことに長く気がつかなかった。

今、堂下は「お父さん」なのだ。息子が呼んでくれた。生まれ変わらせてくれた。

「十年以上会ってなかった息子がいきなり、金よこせって。俺にはただのたかりにし……」

堂下は再び思い切り足を振り下ろしていた。友國の腹に、ためらわずに。そうだ。そうだった。

前もこんなふうに、人を足蹴にした。友國だけでなく。何人も。

堂下はそういう人間だった。

そういうふうに、生きてきた。自分はクズだ。忘れていたわけじゃない。

「すいません、すいません」

忘れていたわけじゃないのだ。

今、こうして頭を抱えて丸くなっている男が、案外本気で堂下を諌《いさ》めに来たのだということは、わかっていた。

でも、堂下には自分のようなものに、他に選択肢があるとは思えなかった。

他にはないのだ。

だから、こうするしかない。なんだか疲れた。

「さっさと女連れてどっか行け」

堂下は、タクシーに戻ると、制服を整え、ハンドルを握り、バックミラーの中でこちらを見ている友國を一瞥すると、前を見て、車を出した。

第五章

1

「ほんとだ、蕾《つぼみ》はじけそう」

月明かりの中、雄二は膨らんだ桜の蕾を眺めた。

これなら、晴れた日が続けばすぐに開く花もあるかもしれない。

「そろそろ忙しくなるわねえ」

そうひとりで呟いた母が、見ていた先になにがあるのか。そのとき雄二は声をかけることができなかった。

だからこうして、こっそりひとりで確かめている。

まだ、母となにをどう話したらいいのかわからない。

母が、夜中に起きてくることが度々あった。

二三子が戻って来てからは、なんとなく母屋にいづらくて、雄二は営業所の仮眠室で横になることが多かった。

中庭につづく引き戸がカラカラと静かに開く音のあと、ひたひたと足音がして、水道の蛇口をひねる音と顔を洗う音。それから、はあぁと長い息を吐く音。ため息とも少し違う。母の音だ。寝ているものを起こさぬように、気配を消して動く。灯りも点《つ》けないままでだ。

「殺人者は聖母になった、とはこれいかに」

母のごく小さな呟きはとぼけているのに、内容はあまりにも笑えない。当の本人が、雑誌の特集記事のタイトルを読み上げている。

この記事のおかげで、稲丸タクシーの客は増えた。時折、野次馬も覗きにやってくる。娯楽も刺激も少ないこの町の日常のアトラクションとして、しばらく続くだろう。しかし、母はやはりドライバーに復帰していない。なので、そのうち飽きられておさまるはずだと、社長の進はふんでいるようだ。

カラカラと引き戸を開けて、外に出た母の背を仮眠室のカーテンを開けて盗み見た。

そのときだった。

「そろそろ忙しくなるわねえ」

営業所のすぐ外で、何かを見上げながら、腰に手を当てて、少し嬉しげな声で、母は言ったのだ。

母が母屋へと戻ったあと、そっと外に出て確かめなかったら、桜の蕾に気がつかなかった。花見客の話だとはわからなかっただろう。

こんなふうに、知らないことだってたぶんある。

「うちの桜なんて、ろくに見たことなかったかもな」

あの記事には、誤りがある。

母はたしかに元ドライバーで、父を殺した。父は自分たちを殴った。だが、まだ母は運転をしていない。ドライバー復帰を目指して、毎日車を洗っている。

あの記事を書いた人間にも、読んで興味を持つ人間にも、たぶん些細《ささい》なことだろう。けれど、それは雄二にとっては、些細なことではなかった。

稲村家の人間は、今でも全員、車を運転することができないでいる。

「ありがとうございます、稲丸タクシーです」

ここのところ鳴りっぱなしの電話を受けている弓は、受話器を置くたびに、ああもう！　だとか、またあ！　だとか、声色を高く低く使い分けながら、座りっぱなしだ。

車もこちらへ戻る暇もないようだった。

ここのところずっとこんなふうで、朝の遅い雄二には電話の音がうるさく、皆の手前、バツも悪く、久々に母屋で寝たのだった。

「雄ちゃん、ご飯は、チンして食べてって、こはるちゃんが」

「ありがとう、ええと、……母ちゃんも出てる？」

母がドライバーとして、町中でさらし者になっているのではと、雄二は肝を冷やした。

「……あ、ああ、違う違う、ドライバーじゃなくてね。打ち合わせだって、園ちゃんも」

「なに、打ち合わせって」

母や園子に馴染まない言葉がひっかかる。

「やっと風呂直す気になったのかな？　パッキン交換するだけですむと思うんだけど」

「違う違う、テレビだって。なんか小さいとこみたいなんだけどね、二三子さんまではりきっちゃって」

「なにそれ」

「こはるちゃんは、最初断ったらしいんだけど、先方が何度も電話くれてね。たまたま園ちゃんが電話に出て。泣いてたよ、あんなふうに言ってくれる人なんていないって」

「……なにそれ」

電話がまた鳴る。

「ありがとうございます。稲丸タクシーです」

雄二は、唇を震わせて、頭の中で文字を並べる。

テレビをつけると、開花予想のコーナーでは明日からの週末に、花のマークがついていた。

やはり雄二は、電話が嫌いだと改めて思う。

あてもなく外をうろつくのにも飽きて、営業所に戻ってくると、ふわっと淡い甘い匂いがした。

弓がたまに家から持ってくる庭で咲く花ではなく、花屋で売っているような色とりどりの花が飾ってある。

「あら、雄ちゃん、おかえり。おにぎりあるよ」

母が、机を拭いていた。よく見ると、営業所がなんとなく綺麗だ。掃除をしたのだろう母の首には、汗が浮いていた。

「食べてきたから」

「……そう」

母の握るおにぎりは、昔から、やたらと力を込めて握られていて、腹にたまる。雄二はまだ、母が帰ってきてから食べていない。

「大丈夫なの」

「え？　ああ、聞いたの。取材なんて、困っちゃうわよね」

「断るなら、もっとちゃんとさ。強く断らないと」

母が、飾られた花に触れる。

「園ちゃんがね、喜んでくれたの。二三子さんもね。だから」

「だから？」

「家族で、写真を撮りましょうって。園ちゃん、アルバムに貼るんだってはりきってたの」

母が、園子のアルバムを取り出す。

写真を見ても、時間は戻らない。

「雄ちゃん、……ほら、こっち来て。写真見ない？」

園子が、どんな気持ちで写真を貼っていったのか、考えると雄二は見る気になれない。

しかも、母と一緒になんて、無理だ。

「見ようよ」

「…………」

雄二は震える唇を指でつまんだ。痛いほど力を入れれば考えたくないことが、ぼやけていく。

「じゃあ、桜、見ようか。咲いたんだよ、まだちょっとだけど」

先に外に出た母が、振り返らずに雄二を待っているのがわかる。風が強く吹いたが、まだ咲いたばかりの花びらは散ったりしない。

しっかりしがみついて、まだこれからどんどん花びらを開くのだ。

「雄ちゃん」

母がこちらを向いて手招く。出て行くまで、待っていそうな母に負けて、雄二も外に出た。

「……ほんとにちょっとじゃん」

頭の中に言葉が湧くいてくる。だが、言いたいことがあるときほど、雄二の声は喉につっかかる。

「雄ちゃんは、いつごろ東京に行ってたの？」

「え？」

思わず声が尖った。いつかの息子の話をする堂下の、いつもとは違う弾んだ声が耳の奥に蘇る。息を吸って吐いたけれど、奥歯に入る力がゆるまない。

「……こないだまで」

「だから、いつから？」

かろうじて返すが、母は諦めない。じっと見つめてくる母の目に耐えられなくて、雄二は足元に目を落として、答えた。

「二十二、三？」

ここを出たら、東京に出たら。

なんであんなふうに、夢を見ることができたのだろうか。

「どうして帰ってきたの？」

「………」

こっちが聞きたかった。

どうして帰ってきたの、だ。

「教えて。あんたたちのこと、まだなにもわかんないもん」

そりゃあそうだろう。

十五年も、別々に生きていたのだから。

「……なんとなく」

「なんとなく？」

「兄貴、離婚するって言うし……」

「ああ、福ちゃん電機か。わたしさ、てっきり大ちゃん外資系で働いているのかと」

耳を疑った。だめだ。

「……はは、行けるわけないでしょ？」

まずい、と思う。何か、ブレーキが壊れたような、そんな感じがした。

「え？」

また、え、だ。なんだ、え、って。

難しい想像ではないはずだ。母だって、全国をあちこち渡り歩いてどうにか暮らしていたのなら、その理由に心当たりがあるはずだ。前科者になるということは、どういうことか。前科者の家族でいるということが、どういうことかも。

「あんなことがあったら普通、内定もらえないでしょ。兄ちゃん、辞退するしかなかったんだよ。バイト先の電機屋で嫁さん見つからなかったら、今でもどうしてたかわかんないよ」

アップルジャパンという単語を、あのとき母は覚えたはずなのに。大樹がどれほどの努力の末に、勝ち取ったものか、わかっていない。

大樹は、園子や自分よりもずっと、堪えてきたことが多い。まして、ここは中途半端に田舎だ。ろくに言い返せないうえに真面目で努力家の大樹は、真綿で首を絞められるような思いを重ねてきたはずだ。

「……そう?」

そうってなんだ。

「姉ちゃんは専門学校、事件のこと噂《うわさ》されんのが嫌でやめちゃったし。俺はいじめられてグレたし」

「え」

だから、え、ってなんなんだ。

「兄貴は指もドモりも治らないし、姉ちゃんは親父みたいなアル中ばっかとつきあってるし、三人とも、車運転できないし、いまだに親父の命日にはイタ電かかってくるし、そんな感じ」

母は、何も言わない。

簡単に、想像がつく話なんじゃないのか。

「で、母ちゃんは？」

「え？」

まただ。また、え、だ。

「母ちゃんはそのころ、どうしてた？」

「母ちゃんは……」

聞きたいのか聞きたくないのか雄二にはもうよくわからない。違う、聞きたくない。

自分を抱え込んだ母が、父に蹴り上げられるたびに漏らした、低く押し殺した呻きを覚えている。速い心臓の鼓動と一緒に母の体を通して伝わって来た感覚は、今でもときどき夢に見ることさえある。どうしてだか、夢の中なのに骨が折れたときよりも痛い。

守ってもらった。

守ってもらったし、愛されていた。だけどと、なのにが、体の中から出て行けずに、ずっとうるさい。

「……ごめん、俺もう寝るね」

母の言葉を遮るように言って、俯《うつむ》いた。

「うん」

そう言って、母はそのままぽつんと桜の下で立ち尽くした。

「……母ちゃんも、中に……」

先に歩き出した雄二が、足を止めて声をかける。

「母ちゃんは、間違ってない」

母は、いってらっしゃいと送り出すときのような顔でおかしなことを言った。

「…………」

あっけにとられる雄二に、もう一度言う。

「間違ってない」

母はそれだけ言うと、雄二を追い越して営業所へ戻り、母屋へと帰って行く。何事もなかったように。

しばらくして、雄二も営業所へ戻った。

仮眠室のカーテンを引いたあと、ああ、やっぱり何か飲んでから寝ようと冷蔵庫へ向かおうとした足を、そのまま流しへ向けて、思い切り蛇口をひねる。勢いよく出てくる水をすくって、何度も何度も顔を洗った。

そして、冷蔵庫へ向かい、コップに麦茶を注ぎ、喉を鳴らして飲む。

視線の先に、開かれたままの園子のアルバムがあった。

暗いままならと捲《めく》ってみると、案外目が慣れていて月明かりだけでもよく見えた。

そのまま、雄二はアルバムを閉じて、仮眠室へと戻り、カーテンを閉めた。

間違っていないなら、どうしてアルバムの中の園子は泣き顔なのか。

どうして、大樹は、焦がれるほど憧れた内定を自ら諦めなければならなかったのだ。

なにも考えたくなくて、雄二は無意識にベッドの下をまさぐった。

「嘘だろ、あったよ」

中学のころは、そこにあると思うだけで慰められた「デラべっぴん」は、今も変わらずそこにあった。なのに、今の雄二には、それはただの古ぼけた雑誌でしかなかった。

2

稲丸タクシーの桜の蕾がはじけそうに膨らみだしたころ、園子は二三子と花屋に出かけた。

花屋なんて、本当に久しぶりだった。

色とりどりの花は可愛いけれど、正直ろくに名前も知らない園子には、気軽に立ち寄るには少し腰の引ける場所だ。

目移りする園子の横で、二三子はお店のお姉さんに次から次へと質問しては、候補を絞っていく。

これは日持ちしますかだの、花粉は散るかしらだの、値段の確認をして、香りも確認していく。あっという間に目星をつけて、園子を振り返ると、さあと手を広げた。

「園子さん、選んでください。ピンクはあっちのひらひらしたのと、こっちの丸いの。黄色は奥のと、右のはじっこ。白は日持ちがするからこれにしちゃうとして、あとは大枠が固まってから調整でどう？」

「うん、……うんうん！　二三子さん、すごい」

「いえいえ、そんな。さあ、園子さん選んで」

「大丈夫かなあ」

気後れする園子に、二三子が笑いかけて頷く。そうだった。この人も、お母さんなんだと園子は今さら実感がわく。

「園子さんが、好きなのを」

「あ、じゃあ、黄色いの。選んでくれたのと違うんだけど」

「うんうん」

「母ちゃんがね、あれ、好きなんだ。あの、黄色いの」

「ああ、レンギョウ」

二三子の顔が、ぱっと輝く。すかさず、お店のお姉さんも強く推した。

「小さな黄色い花がぽつぽつと、次から次へと咲いて、長く楽しめますよ。花付きのいい枝を選んでますから。おすすめなんです」

「じゃあ、まずそれをいただくとして、あと、予算の範囲内だと……」

「あれがいいな。あの、さっき言ってたひらひらのピンク」

「可愛いですよね」

お店のお姉さんが、手際よく引き抜く。

「二三子さんは、どれが好き？　一緒に選ぼうよ」

「……じゃあ、あの、……青いの」

「ええと、渋いね？」

二三子が指さしたのは、全然ひらひらもふわふわもしていない、青い花だった。

「こう……、和っぽいっていうか、武士っぽいっていうか、そういうの好きなんです」

「なるほど、なんかいろいろ腑に落ちたかもしんない」

大樹もなんだかそんな感じのイメージがあてはまらないこともない。

「あの、……すみません、あのね、あの花ね、つきあい初めのころにもらったんです」

「だ、大ちゃんに……！」

「あの人、お花好きなんですよね」

「え、そうなの？」

うんうんうんと、二三子は三度頷いた。

「パートさんたちが家から持って来たお花をお店に飾ってくださること、よくあるんです。そのたびに必ず綺麗ですねとか、そういうこと言うらしくって。なんかすごい……すごい……ものすごく嫌なんですけど、あの人実はモテるんです」

「いや、それはどうだろうか。でも、そっか。そっかそっか」

お店のお姉さんの手の中にはもう、調整のための花もほどよく足されていて、あとはラッピングするだけのようだった。

笑顔のまま、お姉さんの目がふたりの結論を促していた。

「じゃ、それでお願いします」

「ありがとうございますー」

あの記事が出たあと、やはりタチの悪い電話は少なくなかった。

けれど、びっくりすることに客が増えた。

そんななか、たまたま園子が出た電話は、母への取材申し込みだった。

断っても断っても、先方は引いてくれず、園子は切ることができなかった。母を面白おかしく、悪者として扱う人ばかりでもないのだろうかと、園子の心は大きく揺れた。

中庭で洗濯物を取り込んでいた二三子が、長い電話をしている園子の様子を、心配そうにのぞき込んでいた。込み入った事情が漏れ聞こえていたようだ。途中で、見かねたように駆け寄ってきて、抱えた洗濯物を机の上に投げ出して、園子の背をそっと撫でて、頷いてくれた。

それでようやく園子は、母に伝えてみますと言って、電話を切ることができたのだ。

「お母さんが、お花にお水あげてるところを撮ってもらうなんてどうかしら」

「いいんじゃない？　絵的に事務所が入るし」

夢かな。

母が帰ってきてから園子は何度か思った。

殴られて、気絶して、見ている夢。

骨が中から軋《きし》むみたいにうずいて、痛くて目が覚めるやつ。

ああ、痛い、生きてるわ、まだ、と絶望するあれ。

園子は、夢を覚えていられた例がなかった。

なんで目が覚めたんだろうと思うくらい、痛くて、夢の中身なんて吹っ飛んでしまうからだ。

でも、違った。

夢じゃない。

「母ちゃん、帰ったらいなくなってるなんてこと、ないよね」

「ありません。そんなこと、絶対ありませんから」

しょっちゅういなくなる二三子に、そんなふうに力強く言われて、園子はなんだか笑ってしまう。ああ、鼻の奥が痛い。こんなあたたかい痛みがあるなんて、泣きそうだ。

「ね、三代ちゃんをそろそろ母ちゃんに会わせてあげてよ」

どさくさに紛れて、言ってみる。

「いや、それはまだちょっと。父と母が離したがらなくて……、大樹さんとも話してから」

ですよね、と思いながら、手首を直角にして前に差し出して拒む二三子を見るのは面白いと感じる。なんだこの人。大ちゃんは、けっこういい趣味してるかもしれない。

「しないじゃん、する気ないじゃん離婚。もー……、あれか。そうか。二三子さん、大ちゃん独り占めして新婚気分か」

「やだ、そんな！」

ばしんと二三子が、園子の腕を叩く。悪気はないのだろう。

「いたっ！ってか、強っ！……二三子さん、笑ってるよ顔が」

大ちゃんの厚い背を叩き慣れているだけだ。大ちゃんの筋肉は、鬱屈でできている。腹を立てても、それをどうにもできなくて、お金があるときはパソコンのパーツをいじり、ないときは、筋トレをする。きっと、今もそうなのだろう。

本当は、福ちゃん電機がなんやかやと、大樹の前ではうるさいことを言っているに違いないのだ。

母屋には母もいる。なんといっても「殺人者は聖母になった」人なのだ。

簡単に、孫を会わせられるわけがない。

全然、簡単じゃないし、二三子の両親に母のことを理解なんてしてもらえる日は来ないかもしれない。

でも。でもだ。

だからだ。

二三子さんも、両親に、そして周囲の人に、母を受け入れてもらいたいと思ってくれている。

「取材、もう、明日なんですね」

間違ってない。

「……うん」

きっと、間違ってないはずだ。何かに祈るように園子は自分に言い聞かせた。

「みなさんに映り込んでもらいます？」

「いいね。……写真、久しぶりにみんなで一緒に撮りたいなあ」

とうとう取材の日が来た。ちゃんと掃除できてたっけかなと、園子が箒を持って、ガレージに入ると、聞き慣れない低い恫喝《どうかつ》の声が聞こえた。

「仕事中に電話してくんじゃねえぞ」

また誰かイタズラ目的で入り込んだのかと、慌てて園子は駆け寄ったものの、近づくのに勇気がいって、大きく息を吸う。

「だから、しつこいんだよ、てめえは！」

「え？　……堂下さん」

気が抜けて、そのまま名を呼んでしまう。

「……あ。あ、すぐ戻ります。すみません」

いつもの堂下の声だった。うろたえて、とりつくろう姿を見て、ああ、聞いてはいけない電話を聞いちゃったと園子は焦る。一方で、一瞬だけだったが、園子の知る堂下とあまりにも違っていて、さっきのは聞き間違いだったろうかと自分を疑う。

それとも、何かトラブルに巻き込まれているのだろうか。

「いや、……ええと、大丈夫ですか？」

「はい。はい、大丈夫です。ほんと、なんでもないんで」

堂下はそそくさと、ガレージを後にした。

園子は、その背に声をかけようとしたが、いきなり開いた車のドアに阻まれた。

車の中から唐突に現れたヨシナガが、にかっと笑う。

「えっ、えっ、よっしーなに？」

ヨシナガは、にっと白い歯を見せて笑う。

「なんでもないって。よかったな、園子」

「ねえ、あのさあ、ここで昼寝すんなっつっただろ、こら」

ヨシナガがまた笑って、いきなり全力で走り出した。今日もいつもどおり素っ頓狂な格好のヨシナガを追いかけて営業所に戻ると、ぐったりした様子で歌川が冷蔵庫を開けていた。

麦茶を注ぎながら、文句を言っている。

「クソ、なんなんだ、あの客」

「おかえり」

園子が声をかけると、進もトイレから出てきた。

「おつかれー、またすぐ出られる？」

進が歌川に、悪いねと拝んでみせた。

「おう」

堂下の姿はない。こちらに戻ったわけではないようだ。

「今日は、もうアタリ引いちゃったかー」

進が、歌川の前に、もらい物の菓子を置いてやる。

「引いた引いた。すげえカップル、ぐるぐるぐるぐるその辺ずっと回ってさ。女はずっとゲームしながらときどきすげえでかい声出すしさ。男は電話しながら、そっちじゃないこっちじゃないって。で、電話相手に切られたって後ろからシートガンガン蹴ってくるしさ。結局、またその辺で降りてったよ。わけわかんねえ」

「ええと、それって……」

「ああ、おばちゃんとは関係ないと思う。この辺で見たことない若いカップルだったし、ヤクザもんみたいな変なスーツの男なのに、女の方がキツイのなんのって」

この忙しいときにとボヤく進に、歌川はワゴン帰って来たかと確認する。

少し前のめりな花見客と、新しくオープンしたデパートの客と、「殺人者は聖母になった」記事のタクシーに乗ってみたい客が、ひっきりなしだった。

「はいはい、稲丸タクシー」

「え」

ヨシナガが、弓の座る場所で当たり前のように応対している。

「いいの？　取らせちゃって」

弓の姿はなかった。

「だって人が足らないんだもん」

「空港、男性、山下様」

「また意外に動けんだ、あの人」

そつのないやりとりに、園子は誰……と、目をみはる。

「ウタガワ」

「はい、あ？」

配車の指示を出し終えたヨシナガが、歌川を手招いて聞く。

「弓ちゃんどこ？」

「な、なんで俺に聞くんだよ」

うろたえて身を引く歌川に、ヨシナガが淡々と告げる。

「無断欠勤してるの」

「無断欠勤？」

園子は、そんなことあるかなと二人の会話を聞きながら思い、ふと目にしたテーブルの上の花の位置が気になった。

「電話してみろよ」

「うん。うん？　……いや、だからなんで俺が」

じっとヨシナガに見つめられて、しばらく黙り込んでスマホを握りしめていた歌川が、はあ、と息を吐いた。

「……電話してくる」

「そうしな」

「うん。……なんかお前、いつの間にかえらそうな」

歌川は、ヨシナガに神妙な顔で、行けと促され、電話をかけに外へ出て行った。

「どうしたんだろうね、弓さん」

「園子、花の位置、ほんとにそこにする？」

花の正面って、そもそもどこだ。

園子は、動揺していた。

「えええええー、よっしー、今それ言う？　もおおおおー」

園子はまた、花をあっちこっちから眺める。淡く甘い香りがして、深く深く吸い込んだ。大丈夫大丈夫大丈夫。うまくいくうまくいく。

こうやって言い聞かせて、自分で自分をあやして、園子は生きてきた。

そこに真貴がやって来た。

「社長」

「あ！　モー！　来てくれたの！」

真貴が入って来るなり、進が駆け寄る。真貴の下ろした髪は艶やかに揺れて進がみとれている。唇もいつもより潤って鮮やかだ。バイク乗りらしい手入れの行き届いた革のジャンパーを着こなしていて、よく似合っていた。

「モー、ほんと助かったよ。来てくれて。で、なにそのかっこツーリング帰り？」

「違うし。あと今日、オフだから」

「え？　助っ人で来てくれたんじゃないの？　頼むよ、花見の客でしょ、新しいデパートの客でしょ」

「今日、開店か」

「あと、おばちゃんの取材……」

園子の鼓動が、とくんと跳ねる。

今日、がんばって、ちゃんとしよう。

わかってくれる人だって、絶対いる。絶対いる。大丈夫。

話の途中にもかかわらず、あ、と真貴の視線が、進を通り過ぎる。

「あれ、もう来てたんだ」

仮眠室のカーテンが開き、雄二がくたびれたジャージのままやってくる。真貴の顔がぱっと明るくなった。

「あ、うん」

真貴がはにかむように下を向く。

「ごめん、すぐ出る？」

雄二がジャージに手を突っ込んで腹をかいて、真貴は上げたばかりの顔をまたすぐ逸らした。

「なに、デート？　え、この多忙のさなかに、君たちデート？」

進がぐいぐいと、わりこんでくる。

「デートっていうか、ドライブ」

「え？　そのかっこで？」

進が口を滑らせた。出かける前の女になんてことを。

「え？　え？　おかしい？」

「すごく似合ってる。でもちょっとデートっぽくない」

「ええっ」

すがるような真貴の目に、園子はしかたないと頷いた。

「わかった。あたしの服、好きなの着てって。あ、クリーニング済みのは店で着るやつだから」

「ありがとう！　今度、ハーゲンダッツ買ったげる！」

「限定のな」

真貴が母屋へダッシュしていく。綺麗な髪が、流れて光った。

「これだもん、社長もヨシナガさんも働いてんのに、ドライブ！　あんた毎日運転してんじゃない！」

進が騒がしい。とても騒がしい。そして、母の姿が見えない。弓の姿も。

もうすぐ、テレビの人たちが取材に来るっていうのに。

「やんなっちゃうなあ、ほんとやんなっちゃうなあ」

「……俺も着替えるわ」

雄二が支度しに再び仮眠室へ入っていくと、奥から、入れ替わりで大樹が顔を出す。

「え、大ちゃんまでこっちで寝たの」

「家庭内別居」

雄二が、小声で言った。大樹はそそくさとトイレに逃げ込もうとするが、できない。

「二三子さんが帰ってきたらさ、今度は兄貴がいづらいみたい」

「えー、でもここんとこ、奥さん機嫌いいじゃない」

「それがまた、気に食わないんだよ」

園子が、ぎくりと肩を揺らして、雄二のところへ寄ってくる。

「……ええと、あの雑誌のせい？」

「そうそう。変な形で夫婦愛語られちゃってさ」

「ああ、あれね『献身的な妻とともに、家庭を守り続けた長男』。あってるんだか間違ってるんだか」

雄二も進も、うんざりだという顔をする。

「なんで？　だめ？」

園子は思わず、口にした。

「ダメっていうかさ、大ちゃん、いたたまれなさそうじゃない？」

「それに今日……あ」

二三子が、カラカラと営業所の引き戸を開けて顔をのぞかせた。

「園子さーん。そろそろ……」

大樹ができるだけ体を薄くするかのように、ぴったり壁に体をひっつけている。そういうところが、兄にはあった。勉強はできるのに。

「あなた、まだそんな格好！　ちゃんとしてって、言ったじゃないですか！」

あー、怒られてる怒られてる、そう思うと気が紛れる。

取材が来ると何度も二三子は話していたのだろうに、大樹はスウェットのままだ。だめなのかな。

「おお俺はか、関係ないから」

ああ、大ちゃん、どうしてそんな。

「関係ないって言いました？　なんで？　ねえ、なんであなたって、いつもそうなんですかっ！」

進も雄二もいつの間にか姿が見えない。さすが、逃げ足が速い。

真貴が、勢いよく母屋から飛び出してきて、園子と目を合わせて、どう？　と、スカートをつまむ。だめだ、全然だめ。園子は、首をかくりと横に傾けた。真貴が、またダッシュで母屋に消えていく。

そこに堂下が入って来た。

「あ、堂下さん、社長が待ってたよ」

「人手足りないって聞いたんで。すぐ着替えますね」

真貴が、また現れてくるりと回った。違う。そして、えええええ、と、また着替えに戻っていった。

「ちゃんと！　してくださいね！　早くしないと先に行っちゃいますからね」

「ま……」

たぶん大樹は待てよと言いたかったのだろう。

「はいはい稲丸」

ヨシナガは、淡々と仕事している。えらい。園子は、あとほんの少しだけ様子を見て、二三子がすっきりしたら、一緒に行くことにした。

「堂下さん、来てくれたんだ」

「夜勤なのにごめんなさい」

「いえ」

今、目の前にいる堂下は、いつもと変わらない。よかった、と思う。

歌川が戻ってきて、進に、告げる。

「社長、休憩入るね」

「は？　だめだよ、まだ」

「弓ちゃんち？」

ヨシナガが言うと、歌川はうるさそうに唇を突き出した。

「誰が行くっつったよ」

「待て待て待て、なんだみんなしてサボり倒して！」

大樹は、二三子が、他のことに気を取られたすきに姿を消していた。

電話してくると出てから、戻って来た歌川の声が、少し苛ついている。

「様子見てくるだけだから」

「なんで君が弓さんの？　無断欠勤に便乗して無断休憩する気か」

「ちが……なあ、園ちゃん、弓さんから連絡あった？」

園子は、首を振る。てっきり、連絡がついたのだと思ったのに。

「つぐみちゃんに電話したんじゃないの？」

「俺、番号知らないって」

「嘘だあ」

「隠さなくていいんだよ」

進と園子が、いつもの調子でからかうのに、歌川の声は硬い。

「ほんとに」

歌川は、何かにとても焦《じ》れているように見えた。

「大ちゃんは？」

着替えて出てきた雄二に聞く。

「車に行くって」

「え？」

雄二は、園子と目を合わせない。

「いるとこないから。車で休んでる」

着替えると見せかけて、営業所から脱出したらしかった。

「ねえ、雄ちゃん、ちょっといい？　ちょっと」

雄二がうるさそうに、出かけるんだけど、と低く言った。

そうだった。

雄二は最初から、真貴との予定を入れていた。

「なに？」

「あのさ、今、取材来てるのね？」

「知ってるよ」

「園子さん」

二三子が、園子を促す。

「あ、うん。でね、テレビなんだけど」

「ああ、おばちゃんの取材」

進が頭をかいている。

「そう。地方局のちっちゃいやつ。それ、うちらも出てもらえないかって」

「は？　やだよ」

雄二の顔がどんどん険しくなっていく。

「変な番組じゃないの。昔、母ちゃんが出たっていう、ドキュメンタリーと？　同じプロデューサーでね、母ちゃんと一緒に、ちょっと話するだけだから」

いくら話しても、雄二に届かない気がした。

でもと、だからが、園子の体の中を走り回った。

「なんで」

なんでもなにも、なくない？

でもそれは、言葉にならなかった。

少しでもマシになるなら、やると決めてしまうしかないじゃないかと園子は思う。

「二三子さんも出るんだよ」

言いながら、違う、そういうことじゃなくて。

園子は自分でも思った。

自分はいつも間違えてしまう。選んではいけない方を、選んでしまう。でも、あの取材申し込みの電話をして来てくれた人の言葉は、本当に嬉しかった。できることをしていきましょうと、そう言ってくれたのだ。

「あの雑誌で懲りてないの？」

「なんで？　良く書いてもらったじゃん」

「どこが？　さらし者だよ」

「なに言ってんの？　世間の目が変わったじゃん」

「それはある、うん」

進が、頷いてくれた。嬉しい。でも、雄二が。大樹が。全然、味方してくれない。

「兄貴だって絶対嫌がるよ」

「でも。母ちゃんのこと、誤解されないですむんだよ？」

「誤解ってなに？」

ああ。

雄二の目の奥のほうが怒りと苛立ちでゆらゆらしている。

なんでだろう。

どうして、こんな、クソ親父を見るときみたいな目をして、こっちを見るのだろう。

「誤解じゃねえじゃん」

「……大ちゃんがだめなら、雄ちゃんだけでもいいから」

「俺、出かける用事あるから」

雄二の腕に、しがみつくように取りついたけれど、力いっぱい振り払われて、園子はもうそれ以上、何をどう言えばいいのかわからなくなった。

「おばちゃんが、呼んでるよ」

進が、助け船を出してくれた。言葉を失って、立ち尽くしていた二三子が身じろぐ。

「先、行ってますね」

「お願い」

園子は、二三子に短く答えた。

「出かけようか」

雄二が、結局もとの格好になって戻って来た真貴の背を押す。

「わたしはいいから。行っておいでよ」

真貴は、首を振って、雄二の手に自分の手を添えて、それからぎゅっと摑んで離した。

「……いや、俺ほんと嫌だって」

「雄二」

園子は呼んだが、雄二は振り返らず、一人で出て行こうとすると、弓が入ってきた。

「あ、弓さん、ごめんごめん」

雄二にぶつかった弓は、驚くほどよろけた。微笑むように口角が上がっているのに、血の気がない。

「ううん、こっちこそ、ごめん。ぼやっとしてた」

弓の目は、誰とも合うことなく、宙をゆらゆら彷徨《さまよ》っていた。

「弓さん、どうしたの連絡もくれないで」

進が、声をかけると、声のするほうへ、どうにか向こうとするように体を揺らして、手を伸ばした。

「……ごめん。今日、お休みさせてもらおうかと思って」

「……来てるのに?」

「そう……なんだけど」

歌川が、揺れたままそれでも伸ばされた弓の手を取る。

「なにがあった?」

「……歌ちゃ……」

弓はそのまま、歌川の腕の中に倒れ込み、しがみついた。

「え？　え？」

ふたり以外の全員が動けないまま、目をみはった。

歌川が、強く抱き留めて、背を撫で、乱れた髪を指で整えた。

まるで恋人同士のような仕草に、皆、息をのむ。

「今、俺そっち行こうと」

弓が、両目から涙を溢れさせながら、歌川に頬をすり寄せ、喘ぐように声を絞り出した。

「殺しちゃったよう」

歌川が、耳を寄せる。

「え？」

「……わたし、おばあちゃん殺しちゃったよう」

その場にいた全員が、ただ、立っていることしかできなかった。

通信台で、電話が鳴り響いている。

パシャリと、シャッター音がした。

営業所の入り口に、スマホを構えながらガムを噛んでいる少年が立っていた。片手に丸めた雑誌を持っている。

「ねえ、おばさん。人殺しの家って、ここ?」

いつもより綺麗にアイロンのかかった、いつもの服を着た母が、その少年のうしろに立っていた。

第六章

1

堂下は久しぶりに着た喪服の上着を脱いだ。稲丸タクシーの営業所の、ダイニングチェアに座って、さてと思ったところで、引き戸が開く。

「堂下さん、とっくに帰ったかと思ってた」

「作業あるんで」

こはるに塩払いをしてやりながら、自分は忘れていたことに気がついた。それよりも、うっかり早めに戻った理由を口にしてしまったことを悔やむ。

「作業って？」

こはるに言えるわけがない。

「あ……いや。お通夜の日から営業休みだったんで、車の整備を」

「わたしも手伝うよ」

「いや。少し休んでください。お疲れでしょう」

葬儀を勤め上げて、ひとまわり小さくなったような弓の背を、こはるは何度も撫でていた。

「……後でまた、弓ちゃんの様子見てくる」

「そうしてあげてください」

できれば一晩ついていてくれれば、その間に手分けしてなんとかなるかもしれない。

「なーんでかなあ」

こはるは、唐突に宙に向かってボールを放るように大きな声を出した。

「え？」

「弓ちゃんちのおばあちゃん。なんで、あんなとこ行ったんだろ」

今度は、いつもの声の調子だ。

けれど、堂下には怒っているようにも聞こえたのだ。

「河川敷？」

川沿いに続く灯りのない暗い道で、土手を降りようとして、足を滑らせたのだろうと警察から説明があったそうだ。川に落ちて、流された先で、生いしげった草に隠れるように水際でたゆたっていたところを発見された。

「……そう。でも、何ヶ月も前からだってね。弓ちゃんいつも探しに帰ってたもん。あ、ただいま」

営業所に入ってきたヨシナガに、こはるが言った。

なんだろう。

この家は、あっという間に人を受け入れてしまう。そんなふうに馴染んでしまうヨシナガのほうが、風貌のとおりに変わり者なのだと思っていた。けれど、少し違うようだ。

「飯あるよ」

この家の者のように言うヨシナガに、いや、やはり彼も特殊な馴染み方をする人だと改めて思う。

「うん」

「おばあちゃん夜になると、ふらっと出てっちゃって。いっつも、行く場所が違うんだって」

「言ってましたね」

いつまでも自分と家族として扱ってくれない相手を、弓はいつもうちのおばあちゃんと呼んだ。憎く思うときもあっただろうに、働いて養いながら、あれだけの手を尽くしての今だ。

「弓ちゃん、すごい責任感じちゃって……。自分が目を離したからだって」

「徹夜で探したんでしょ？　娘さんと」

あるいは。

あるいは、死んでいてくれないか。

そう思うことがあったとしても、そんなに珍しい感情ではないはずだ。

堂下はずっと、息子にはそんなふうに、疎まれたとしてもしかたないと思っていた。

憎まれていないと思うほうが、不自然だった。

死なないのなら、忘れたふりで生きるしかないのだと、そんなふうに思っていた。

「そうよ？　あんなとこ、誰も見つけられないよ、探して欲しくないって言ってるようなもんよ」

安らかに、息を引き取ったのだろうか。

毎夜のごとく、抜け出して彷徨って、結局どこに辿り着いたのだろう。

満足は、しただろうか。

焦燥は、凪《な》いだだろうか。

新顔のドライバーである堂下は、地元の客から口さがない昔話を聞かされることもあった。弓が夫を失ってからの十年は、故人が息子を失ってからの十年でもあった。

小さな町だ。

安らげる静けさに、いっときでも身を置くことができていたならと、堂下は思う。

「猫と一緒」

ヨシナガの声が、堂下の腹にはすとんと落ちた。

「死に場所探すでしょ。おばあちゃんも、野生の動物だ」

なるほど。

なるほど、ともう一度腹の中に落として、堂下はいやいやと思い直す。

「いや、さすがに不謹慎でしょ、あなた」

それは、今こはるに言うことではないと思い、堂下はたしなめた。

「着替えてくる」

こはるは、目を合わせず、去ろうとした。その背に、ヨシナガが呼びかけた。

「コハルチャン」

寝入りばなの子供におやすみを言うような、そんな声だった。息子の小さいころに、別れた妻がよくそんな声をかけてやっていた。そうだ。そうだった。

「あんたも、一緒だったもんね？」

「……そうだね」

こはるは、小さく頷いて、母屋へと出て行った。

ヨシナガが、ぐるんと勢いよく堂下を振り返った。髪が弧を描いてついてくる。

「飯食うの？　あるよ飯」

「いや、仕事あるんで」

ヨシナガが、労うにしては荒っぽく背を叩いた。

「パンクな？　ははは、すぐ終わるよ」

「あなたはなんだか、時をかまわず明るいですねえ」

呆れるような、羨ましいような、そんな気持ちがつい口に出た。

「え、泣くよ？」

そう言ったヨシナガと、目が合ってしまった。

「……ま、泣くときもあるんでしょうけど……そういえば」

「ん？」

ヨシナガの目には、猫のような、月のような、不思議な奥行きと輝きがあった。なにもかも、見透かされてしまいそうで堂下は苦手だ。

「ヨシナガさんって、なんの恩人ですか？」

「日本人だよ！」

そうなんだ、と納得しそうになるが、そういう意味ではない。

とっさにした当たり障りのない質問で、ずっと抱いていた疑問が解消された。

「……じゃなくて。最初ここに来たとき、言ってたでしょ。こはるさんの恩人って」

「ああ、うん」

北海道で、ニセコで、牛で、恩人。

断片的すぎる。

「どういった？」

「牛産んだからよ」

「……うん、ちょっと全然わかりませんでした」

謎は深まるばかりだ。

「こはるちゃん、うち来たでしょ？　ニセコへ！」

ヨシナガは焦れて、言葉を重ねた。

「酪農のね」

こはるは、北海道のニセコでヨシナガと共に、酪農をしていた。牛の出産に立ち会ったのだろう。

「そんときさ、死にそうだったよ」

「牛が？」

「こはるちゃんだよ！」

「え？」

唐突に、話が繋がる。

「毎日毎日泣いてよお、死ぬ死ぬって、藁《わら》に飛び込んでたよ」

「藁に？」

牛の出産に立ち会ったころのこはるは、高く積まれた藁の上から、死を望んで飛んだのだ。毎日のように泣いて、毎日のように死を望んだ。

「ムショ出てよお、うち来てよ、高い藁、の……上から？　飛んでよ、死ぬ死ぬってなってたけど、途中で元気になったよ」

「どうして？」

堂下は、さらに聞く。知りたかったからだ。

こはるがどうやって、気持ちを立て直したのか。

死ぬしか、子供にしてやれることなどないのではないかと思う。あの、波のように繰り返すぬかるみから、こはるは、どうやって這い出たのか。

「牛が子供産んだからだよ！」

ヨシナガの声が、また大きくなった。

「わ、びっくりした。よっしー、声でかいよ」

喪服の園子が帰って来たが、ヨシナガはそこで待てと制している。

「子供、引っ張って出したよ！　こはるちゃんが！」

ヨシナガはどうしてわからないのかと、さらに焦れている。そして塩を探している。

「ああ、牛の子をね」

「泣いたよ！」

ただ死を望むばかりの毎日の中で、牛の子の熱く濡れた体を掴んで、この世に引き出すとき、こはるは何を思っただろう。

ヨシナガはお浄めのつもりかアジシオをパラパラと園子に振りかけている。

「ちょ、え、なんの話?」

「こはるさんが、牛の出産を手伝った話です。ニセコで」

「そうだよ!」

「わっ! もう、なんで怒ってるの」

ヨシナガは、憤慨しながら、その後に続く歌川にも、進にも、真貴にも、アジシオを振った。

「あ、ありがと」

もういいよと言うかわりに、礼を言って制した進だったが、さらにアジシオにまみれていた。

「ありがと。本当はアジシオじゃないといいんだけどね……」

歌川がヨロヨロと歩いて、ソファに座り込む。

「あー……、疲れた……」

「あんたはあっち、残ってても良かったのに」

「車、直さなきゃじゃん」

「ごめん」

当然のことのように言ってくれる歌川に、園子が詫びた。

「八台全部？」

真貴が確認すると、進が悔しげに頷く。

「うん」

「タイヤあるかな」

「今朝ワゴンに使ちゃったから、足りないかもね」

歌川と真貴が、タイヤの数を案じて、進を振り返る。

「あー……、出費が……」

「ったく、マジで誰がやったんだよ……」

園子にこたえて、ヨシナガは再び母屋のほうを指さす。

「……まあ、ガレージに残ってるぶんだけでも使って、やっちゃおうよ」

「そうですね」

腰に手を当てた真貴に、堂下は頷いて腰をあげた。

「足りないぶんは、明日補充するから」

「うーい」

歌川も、腰をあげた。

この人数で手際よくこなせば、朝には格好がつくだろう。

こはるが車を洗おうとしたら、適当に別の頼み事をしてしまおうと堂下は思った。

「着替えないの？」

進が作業のために、着替えだすなか、歌川は上着だけを脱いだ。

「終わったらあいつんとこ戻るから」

「わたしもこのままで」

堂下も、連絡を待っていた。すぐ出られるようにしておきたかった。

「ほんと、ごめんね」

「園ちゃんが謝ることじゃないよ。着替えてくる」

「まあ、グチってもしかたねえし。ちゃっちゃとやっちゃうか」

歌川が、外へと向かう。

「ありがとね」

そう言った進はもう着替え終わって、園子の前に、麦茶の入ったコップを置いていた。

進は、頼りになる社長だ。愚痴も弱音も誰より多いが、手も足もよく動くのだ。

園子は、コップを掴むとごっごっごっごっと麦茶を一気に飲み干して、稲丸タクシーの面々に礼を言った。

「ありがとう」

どこかで携帯がブーッブーッと鳴っている。

出て行こうとしていた堂下は、はっとして自分のポケットを探り、慌てて営業所の机の上に置き忘れた携帯を摑む。

着信の相手に顔がほころんだ。

「もしも……、あれ」

「ん？」

「切れちゃいました」

進に告げると、外から歌川の呼ぶ声がして、堂下は一瞬迷ったが、すぐ行くと答えた。

「いいですよ、タイヤは電話してからで」

着替えてきた真貴が、気遣ってくれる。

「いや……あとでゆっくり」

堂下は、どうしても胸が弾むのを抑えられず、けれど顔に出すわけにもいかず、俯いて歌川の元へ向かった。

2

従業員たちがパンクを直しに出て行く背中を、園子は見送った。自分も着替えよう、そう思うのに、動く気になれなかった。

「園子」

「……ん？」

ヨシナガは、変わらない。初めてここに来た日から。

「元気出すか？」

「え？」

なにを言い出すのだろう。

「元気」

「……どうやって？」

ただ、知りたかった。教えて欲しかった。本当にそんな方法があるのなら。

「俺の髪、切るか？」

「ええ？」

ヨシナガが、園子の前で頭を振った。

「……ほーら、ほーら」

長い髪が、頭の周りで尾のように揺れる。

「……切る」

園子は、道具を取りに行くために、足を一歩前に出した。

カラカラと引き戸が開いて、中庭から母が入ってくる。

「おかえり」

「散髪用のはさみ持ってくる。……ただいま」

園子は、中庭から母屋へ向かう足を止めずに告げる。

「なにするの？」

「よっしーの髪、切るの」

園子は、言いながら、ねっとヨシナガを振り返る。

「ええ？　いいの？」

ヨシナガは応えるように、ニコニコしながら頭を振った。

初めて見たとき、ただ胡散臭《うさんくさ》かった長い髪は、こうして改めて見てみるとヨシナガによく似合っていた。けれど、きっと短い髪だって似合う。

久しぶりだったので、園子は道具一式を探すのに手間取ってしまった。

ようやく探し当てて、営業所へ戻ろうと中庭に出たとき、進と母が話しているのが引き戸の汚れた窓越しに見えた。

「あ。おばちゃん、戻りました」

「あれ？　進ちゃんもこっち戻ってきたの？」

「ええ、まあ」

どうしよう、このまま出て行くのと、進が出て行くのを待つのと。

「…………みんなも？　今日くらい、休めばいいのに」

そういえば、机の上にみんなの荷物が出たままだ。

「……あのね、おばちゃん」

「ん？」

「なんて言えばいいかな、言いにくいんだけど……」

「言わなくていいよ」

「内緒にしとくのも変だろ」

進の腕を引いて止める真貴に、いつもとは違う顔で、進が返す。

どのみち、まだタイヤ交換は作業半ばだ。

バレてしまうくらいならと、きちんと打ち明けることにしたのだろう。

「……なあに？」

「その……今、うちの車、全部パンクしちゃっててね」

「ええ？」

母は、驚いているような、戸惑っているような、気の抜けた声を出した。泣き笑いのような、どっちつかずの顔をしている。

「ゆうべね、お通夜でここ、……遅くまで、誰もいなかったでしょう？　社員もみんな、弓さんとこ行ってて」

「うん」

「そのときにね。誰かに、イタズラされたらしいんだよね。イタズラっていうか、嫌がらせ？」

「嫌がらせ」

園子も、耳が痛い。母は寝呆けたみたいな声でおうむ返しに呟く。

「車のフロントガラスに、これ、貼ってあって」

「ああ」

園子は、そういうことが起こると知っていたはずなのに。

少しでもわかってもらえたら。

母は、自分たちを守ってくれた。それだけなのだと、ひとりでも、ふたりでも、もし叶うならたくさんの人にわかってもらえたらとそう思った。

「今朝、ワゴン乗るとき、気づいたんだけど……」

「……わたしのせいか」

進の声に、責めるような響きはない。

「おばちゃんが悪いんじゃない。うん、ほんと、おばちゃんが悪いんじゃないんだけど。……もしかしたら、おばちゃん、雑誌とかテレビとか……、少しだけ、控えたほうがいいかもしれない」

何かあれば従業員たちが矢面に立つ。その代表は社長の進だ。余分にかかった経費の工面も、タイヤの調達も、進がした。

「もちろん、これからはもっと気をつけるし。今日もヨシナガさんにこっちにいてもらったみたいに、誰かしら、いるようにするんだけど」

「うん。うん。ありがとう」

園子は、出て行けないまま、ありがとうと思いながら、こんなことを進に言わせてしまうきっかけを作ってしまったことがいたたまれなく、そのまま座り込んでしまう。

誰にも聞かれたくなくて、泣き声をかみ殺して、涙は指で押さえた。息が苦しかった。

いつのまにか側にきていたヨシナガが、座り込んでいる園子の背を、膝でトンとつつく。手には、椅子とテーブルクロスを持っていた。

「美容院、やる?」

「うん」

もう一度、ヨシナガは頭を振って聞いてくれたので、園子はこくんと頷いた。

「顔洗ってくる」

「鼻もかめよー」

園子は深呼吸したあと、ダッシュで営業所に飛びこむと、洗面所に駆け込んでじゃーじゃー水を流しながら顔を洗った。

鏡に映った顔は我ながらひどいと園子は思う。化粧も落とさず洗ったせいで、半端に眉毛が落ちているが、にいっと口角を上げて、みんなのところに戻る。

「なんかひどいよね。こういうことするやつ、いるんだよ。どっかの馬鹿がさ」

「うん」

園子にも聞かせるように、進が代弁してくれた。やっぱりひどい顔してんだな、と園子は思う。

「わたしもやる。タイヤ」

母は、いてもたってもいられないのだろう。思い詰めた声で、言った。

「いいのいいの」

進は、いつもの調子で、眉毛と目尻をハの字に下げながらも、口角を上げて笑って手を振ってくれていた。

「でも」

「おばちゃんはさ、弓さんとこ、行ってあげて」

母は、言葉を返せないでいた。

「あの、おばちゃん、気にしないでね」

真貴が言う。

「みんな、知ってたの？」

母はどうにか、普通に明るく聞こうとはしたのだろう。けれど、失敗していた。

「…………」

真貴は、口を開いたものの、眉を寄せて顔ヨガのようにうにょうにょ顔筋を動かしただけで、きゅっと唇を引き結んだ。

知らせてしまったことを悔やむように、斜め前をじっと見ている。

「うちの子たちも？」

母の声は、かすれていた。

「告別式、行く前だったから」

真貴が、今度は早口で答える。

「……なんだか、気遣わせたね」

母は、とってつけたように明るく言った。

一生懸命、どうにかして、傷つけないようにと言葉を探してくれる真貴と、心配そうにこの場を離れようとしない進のために。そして、たぶん園子のためにも。

カラカラ、と引き戸の呑気な音が響いて、中庭からヨシナガが園子を呼んだ。

「切るの？　切らないの？」

ヨシナガが、頭を振る。園子をじっと見て、また振る。

園子が、はっとして慌てて答える。

「切る。切る切る」

ヨシナガはうむ、と頷いて、くるりと背を向ける。ヨシナガのドレッドヘアが生き物のようにもさりと動いた。

「早くしろ」

堂下が、戻って来る。

「あ、すみません、やっぱりちょっと電話を一本……」

「いいですよ」

真貴が外に出ようとしたところに、大樹が大股で突進してきて、思わず避ける。

「なに」

そのあとを、泣きながら二三子が追ってきて、さらに雄二が続く。

「なに」

「いや」

不審な顔で訊く真貴に、雄二が首を振る。

大樹はそのまま、営業所と中庭を突っ切って、母屋へと入ってしまった。

夫婦の揉め事には、今は付き合いきれないとばかりに、真貴は作業に戻ろうと出ていく。

「あなた。待って」

二三子が、押し殺しきれずに嗚咽を漏らす。

「また喧嘩《けんか》？」

園子は、母屋と二三子を気にしながら、雄二を見る。雄二の様子がいつもと違った。

「いや、今度は……」

「ごめんなさい」

二三子が、胸元で両手を握りしめ、くぐもった声で言う。

「さすがに、俺もどうかと思うよ」

雄二が、吐き捨てるように言い、それでも二三子を睨みつけることをしなくてすむように、トットッと、つま先で床を小さく蹴ってごまかしている。靴の履き心地が悪いときのように。

「わたし……」

雄二は、二三子と目を合わせようとしなかった。

ダダダっと大きな足音が営業所まで響いてきて、母屋から大樹が戻ってきた。

「どけ」

中庭から走り込んできた大樹に、園子は、大樹に乱暴に押しのけられ、よろける。

「あぶな」

「大ちゃん?」

母は、なにかをたしかめるように小さな声で呼んだ。

大樹は、母の声は耳に入らないようで、うなだれている二三子の前に立つ。

上背のある大樹に見下ろされて、二三子は肩をすくめた。いつもと違って、二三子の口紅はすっかり落ちて、乾いていた。

机の上に、大きな音を立てて、大樹が紙を叩き付けた。近くのペン立てからペンを取って、乱暴にまた紙に手を置いて、そのまま乱れた文字で署名を始めた。

「あなた」

二三子が、震える声で問いかけるが、大樹は顔も上げない。曲がった指が、邪魔になるのに苛ついて、強く机を叩いた。びくり、と二三子の肩が跳ねた。

「今、これ。か、書くから。待ってろ」

あ、本気だ、と園子は思う。大ちゃんが本気だ、このくぐもって、低く押し殺した声を出すときの大樹は、我慢して我慢して我慢して、もうこれ以上我慢しないと決めたときの声なのだ。

「離婚届? え? どうしたよ」

進が、ただ事ではない空気を、落ち着かせようとなだめるが、大樹は顔を向けることさえしない。

「ちょっと待って」

二三子が、涙声で、それでも強く言った。

「待ってろ！　そしたら、す、すすすー好きなだけ見せて来い」

大樹は、大きな声とともに、手に持っていた雑誌を二三子に向かって投げつけた。

「ちょっと」

母が大樹を押さえようとしたが、その腕は振り払われる。大樹は肩で息をしていた。

「二三子さん、なにしたの」

園子は、二三子の目を見て問う。ここまでの怒りに、理由がないとは思えない。

「……わたしが」

二三子は目を逸らし、言い淀《よど》んだ。

「葬式の間、近所の弔問客に、配ったんだって。雑誌」

雄二がそう言って、大樹の投げつけた雑誌を睨む。

「これ？」

進が拾いあげて、黙った。

「……どうして？」

園子は聞かずにいられなかった。雄二の口から出た言葉が、バラバラになって石みたいに硬くなって、上から降って来るみたいだ。どうして。

「……わ、わかって、もらおうと思って。思ったんです。この家のこと」

ああ、そうか。園子は思った。二三子でも間違えることがあるのだ。自分たちだけが間違えるわけじゃない。

「え？」

母が、二三子を見たあと、進が手にした雑誌を凝視する。そして、夜道で車のライトに照らされた人のような顔で、再び二三子を見た。

「夫のこと」

二三子は、まっすぐに母を見返していた。

「余計なお世話だよ」

雄二が吐き捨てた。

「二三子さんさ、そういうことすると、かえってうち嫌がらせとか受けちゃうから」

雄二の言葉に、進が強い口調で重ねる。

「でも！　あの記事で、うちの親は、この人の苦労がわかったって言ってくれたんです。会社の人間だって！」

大樹が、思い切り机を叩く。二三子が、また肩をすくめて、今度はぎゅっと目を閉じた。

「やめなよ」

園子は、とっさに大樹の腕を取るが、大樹は園子が足を取られるほどの強さで、振りほどいた。

「お、……面白半分で、お義母さんのこと、言って回りたいわけじゃなくて」

二三子は、怯えながらも口を閉じない。

「うん」

母が、じっと二三子を見つめて、頷く。

「そ、それだけじゃないだろ？　俺がど、ど、どどどどもるのも、ゆ、指のこともお前、は、ははははは話して回って」

「それは」

大樹の耳と首が赤い。

きっと、今大樹は苦しい。

「おお前が、治してみせるとか、ふふふいてたろ！」

園子は、大樹の体がどんどん傾いでいくのを目にして苦しくなった。

「…………」

二三子は、大樹の剣幕に怯えてぎゅっと肘を体に寄せて、小さくなっている。

「……そ、そんな簡単なら、とっくに治ってるよ、そそれで、み三代にまで、娘にまでお、お前は恥をかかせてるんだよ！　は、判子！」

「え？」

進は、大樹に促されて判子を手に取るが、渡すのをためらった。

ああ、大ちゃんは本当に親なんだなと、園子はこんなときなのに、思う。

大樹はちゃんと、親になったのだ。家族ができたのだ。

「判子！」

大樹がまた、大きな声で、開いた手を差し出す。進から奪うように取り上げて、机にしがみつくように紙を押さえて、判を押した。

「あ、でもそれ」

ぎっと睨まれて、進の声が小さくしぼむ。

真貴が、何事かとのぞきに来た。

「ほら！」

大樹は、離婚届を摑んで、二三子に突きつける。よろけた二三子を母が支えて、園子が大樹に飛びついた。骨も太く、筋肉もしっかりついた体は、ふりほどかれると思ってしがみつくと怖かった。

「大ちゃん、やめようよ」

腕に力を込めるが、園子の体が引きずられてしまう。

「ほらって！」

だめだ、だめだよ、と園子は小さく呟きながら大樹を揺するが、その声は喘ぐように肩を上下させて、なんとか荒い息を静めようとしている大樹には届かない。

「……献身的な妻っていうのが、気に食わないんでしょ？」

二三子が大樹の手から、離婚届を奪い取り、ぐしゃぐしゃに丸める。大樹をまっすぐ睨みつけているのに、目の奥が水気を含んで揺れている。

「……お前はなにも知らないくせにって。ねえ？」

怯えるように体を縮めていた二三子が、大樹の胸に飛び込むように、一歩前に出て、大樹をまっすぐ射貫《いぬ》くように見る。大樹は、のけぞるように引いて、棚にぶつかる。

「お前」

二三子もなにかのタガが外れたように、涙をだらだらとこぼしながら、静かに呟いた。

「……自分が……自分が必要だと思っちゃいけないの？　そうよね、あなたはなにも許せないんだもの。……お義父《とう》さんのことも。お義母さんのことも。わたしのことも、自分のことも」

「二三子！」

大樹が、耐えかねたように頭を振って、怒鳴る。

「ただ、閉じて。いじけて。憎んで、人生を憂えているだけ」

大樹の腕が振り上げられ、いきおいよくしなって、二三子の頬を張り、二三子はその衝撃でダイニングチェアにぶつかって、床をすべるようにして倒れる。

母が大樹の背に飛びついた。

「大樹！」

二三子がそのまま、へたり込むのを見て、大樹はうろたえ、大きく口を開けた。

「ああああああああああっ！」

もう、大樹は言葉を失って、体の中から沸きあがる声で吠えて、ばんばんと両手で机を叩くばかりだった。歯を食いしばっても叫びを止められず、焦れて、自分自身の体をてあたりしだいに打つ。手に触れたものを投げ、体をあちこちにぶつけ、地団駄を踏んで吠え続けた。堂下と雄二が止めようとし、止めきれず一度はじき飛ばされた母が、また大樹の背に飛びついた。営業所の中はあっという間に昔よく見たように散らかり、倒れた棚から書類がばら撒かれてぐしゃぐしゃに踏まれていた。

「やめようやめよう、大ちゃん、落ち着こう」

園子は、とっさに床を這う二三子を背にかばう。

母は、大樹の背を何度も何度もさすった。

「あああああ！」

大樹が、その手を振り払うように、暴れた。

再び、吹っ飛ばされた母を、園子が受け止めた。園子は歯の根が合わないまま、奥歯を鳴らした。

「大樹！　あんた、あんた今なにやってるかわかる？」

「……ふーっ、ふーっ」

大樹は、なんとかして落ち着こうと、自分の腕を片手に握りつぶさんばかりに強く摑んで、大きく息をしていた。

「こんなことして。こんなあんた、あんたまるで」

「と父ちゃんみたい？」

大樹の目の奥が、興奮から絶望の色に変わっていくのが、園子にはわかった。

大ちゃん。

声に出せないまま、園子は呼ぶ。声だけではなく、足もう前に出ていかない。

「そうだよ！」

母が叫ぶ。どこからそんな、大きな声がと思うほどで、耳の奥がビリビリした。

「だったらなんだ！　父ちゃんみたいだったら、母ちゃん、俺をこ、殺すか？」

「大樹！」

「母ちゃんは、立派だから。だだだだめな俺を、こ殺すか？」

母は、ぱくぱくと口を動かすが、声が出ず、胸を押さえてそのまま服を絞るように摑んだ。

「俺、俺らは。ま間違った方向ばっか、行ってるよ」

大樹の言葉に、母はぶるぶると震えだした。ぐるり、と突然大樹に背を向け、なぜか仮眠室に飛び込むと、カーテンを閉める。

「…………」

押し黙ったまま、出てくる気配もない。

「こはるさん……」

「おばちゃん」

堂下と進が、声をかけるが返事はない。

母の姿が見えなくなったとたん、園子の中で何かが暴れ出した。

「もう……、なんで。なんで母ちゃん責めるの？　違うじゃん。あの人、やってくれてよかったじゃん」

母は帰ってきたのだ。それでもう、いいことにしよう。

そう決めて、ここで生きていく以外に、何ができるというのだ。

園子は、大樹の胸を拳で打った。どん、どん、と大樹の体に響く。

「……姉ちゃんは、単純なんだよ」

雄二の言葉に、園子は足が出る。

思い切り蹴っ飛ばしたのに、すっとかわされて、よけてんじゃねえよと腹が立った。

いた。

「ぼ馬鹿なんだよ」

大樹まで、口の端を引き上げて吐き捨てたので、今度は飛び上がって大樹の頭をはたいた。

馬鹿だ。こいつら、馬鹿だ。お前らが、馬鹿だ。

「いけない？　……だって、あたし嬉しかったもん。あいつ消えて、ほんとに……あたしが殺したかっ……！」

「園ちゃん」

真貴が、止めてくれる。抱きしめてくれる。なのに、園子の口から目から、悔しさがこぼれてしまう。

「でも、それでついてきたものもあるじゃん」

雄二を、蹴り上げる力はもうなかった。母がいるのだ。園子は、涙で震えてしまう声を、それでも言葉にした。カーテンの向こうに、母がいるのだ。母は、帰ってきたのだ。

「いいよもうそんなの……帰ってきたんだから……いいってことにしようよ……」

帰ってきた。それだけを、喜びたい。声に出さなければ、母に聞こえない。

クソ親父はもういない。母ちゃんが、そばにいる。

やったーじゃ、だめなのか。

生きてた、よかった。

それじゃだめか。

それでいいと、園子自身が決めたのだ。母ちゃんが帰ってくることを選んだように、園子も母の帰りを喜ぶことを選んだのだ。

「こはるさん、……こはるさん、大丈夫ですか？」

堂下が呼びかける。

「そっとしといたほうがいいよ」

「でも、思い詰めてもし……」

「え？」

今なんつった、と、園子は堂下を見る。

雄二も大樹も、堂下を見ていた。

「思い詰めちゃってもし……」

ヨシナガと堂下が、はっとしたように、仮眠室のカーテンを見る。

「……こはるさん……」

堂下がおそるおそる呼びかけるが、返事はない。

「おばちゃん！」

進が、慌てて呼びかける。

雄二が耐えかねて、カーテンを開けると、母は仮眠室のベッドに腰掛け、やたらと肌色の多い雑誌を広げていた。

「…………なに読んでんだよ！」

「エロ本だよ」

「え？」

二三子が、ぱかっと口を開けた。

母は、両手で雑誌をばっさりと広げたまま、腕を突き出し、突進してきた。

進が、怯えるように真貴の背に隠れた。気持ちはわかるが、好きな女の背に隠れてどうすると園子が思うより先に、真貴が肘でこづいた。

「なに？　え、なに？」

母がふんと胸を反らす。

「エロ本ですよ、息子の……。遅まきながら初めてだろう反抗期の真っ最中に、娘や息子のお嫁さんが泣いている後ろで、弓ちゃんちのお葬式終わって間もなく、母ちゃんはベッドの下から引っ張り出したエロ本読んでましたよ」

「しかもなんか、古い……」

進が呟く。

「雄ちゃんのエロ本ですよ」

母はまっすぐエロ本を突き出し、ずいずいと、前進してくる。

「やめてくれよお！」

「どうよ大ちゃん。母ちゃん立派か？　お前の苦しみを無視して、十五年も家を空けて。雄ちゃんが中三とき隠したエロ本読んでる」

母は、大樹にというより空に向かって吠えているようで、小さな体がどんどん大きくなるようだった。

「何度も言うなって……」

「母ちゃんは、立派かよって聞いてんだ！」

母の声が咆哮のように響き渡る。

「…………」

大樹はふらりとよろけて、寄る辺を求めて伸ばした手で何も摑むことができずに、けれど、二三子を探すように首をめぐらせた。瞳孔の開いた真っ黒な怖い目ではなく、いつもの、鬱屈は多いけれどただ正直な大ちゃんの目に戻っている。

沈黙が流れる中、ブーッブーッと音が響く。

「……で、電話じゃない？」

進が、母から目を逸らしながら言うと、堂下はばつが悪そうに頭を下げる。

「あっ、すいません……息子からで……ちょっと失礼します」

堂下とすれ違うように、歌川が苛ついた様子で入ってきた。

「ねえ、なんかやってる？」

「いや」

一人だけ黙々と作業していた歌川が、一同を見回す。

「誰も来ねえの？」

「行く行く」

「俺も行くよ」

雄二はこれみよがしに、ついていく。

二三子は、ぐしゃぐしゃにした離婚届を拾い、壁に手をつきながらヨロヨロと立ち上がろうとして二度尻もちをつき、また立ち上がると、あちこちに掴まりながら母屋へと向かっていった。

母は、まだ腕を突き出してエロ本を読んでいる。

大樹は固まったままだ。

「追いかけてあげたら？　たまには……」

園子は、大樹の背をぽんと叩く。強ばった背を撫でてくれる人を、もう大樹は見つけたのだから。

「すーごいゆっくり歩いてるから」

引き止められるのを待つように、じりじりと歩く姿はたくましかった。

　園子は、二三子のああいうところが、憎めないというよりもう面白くなってきていた。

　大樹が二三子の様子をうかがうと、本当にゆっくりゆっくり動いている。

「悪かったって、もう少ししたら子犬のような目で振り返るよ」

「…………」

「嬉しかったのよ二三子さん。自分にもできることがあるって思って」

　本当は大樹にもわかっているはずなのだ。

　二三子もわかりやすいが、大樹だって相当わかりやすい。

「好きで結婚したんだからさ」

「そうだそうだ」

　母が混ざってくる。

「母ちゃん。ちょっと肌色目に入る」

　母が、すすすと雑誌を下げ、それでも置こうとはしない。たぶん、大樹が二三子のところへ行くまで置かないだろう。

　大樹と目が合った園子が、顎で行けと促すと、大樹はようやく一歩踏み出して、母屋のほうへと駆けて行った。やっぱり、大樹はわかりやすい。

　母屋にふたりが消えていく。それを見届けた母がなぜかエロ本を広げたまま仮眠室に後退してゆく。

「弓さんとこ、行く？」

「ああ、そうだ。行かなきゃ」

急に仮眠室に戻るのを止めて、母がいつもの様子に戻る。そして何事もなかったように立ち上がったところに、堂下が戻って来た。

足下はふらつき、顔は白い。

「堂下さん？」

「…………あ」

「え、あの、大丈夫？　横になる？　今日はもう終わりにしても」

「え。……あ、ああ、ええ、いえ、すみませんちょっとまた出てきます」

堂下の様子に、園子の胸は騒いだが、そっとしておいて欲しいかもしれないと思い直す。息子さんからの電話を、待っているようだった。誰にだって、事情はある。

「園子」

ヨシナガが、また園子に頭を差し出しわさわさと振った。

第七章

1

稲丸タクシーの営業所の奥の中庭に、カウントダウンの声が響いた。

「十」

「九」

弓は自分の両手で目隠しをしながら、はーち、と続ける。

なーな、ろーく、と、ヨシナガと園子の声も重なって続いた。

「三」

「二」

「一」

「きゃーーー！」

鏡を手にしたヨシナガの高い声と同時に、弓は目を開け、ヨシナガの頭を見て腹を抱えて笑った。

園子も、あははと笑っている。

夢のようだと弓は思った。

おばあちゃんの祭壇の前で、うたた寝でもしているのではないだろうか。

喚声に、何事かと顔を出した進も、あーっと叫んで爆笑する。

てるてる坊主のように巻かれたクロスをとったヨシナガの頭は、園子の散髪でずいぶんさっぱりとしていた。

「お坊さーん！」

と叫ぶヨシナガは、丸刈りになっていた。

「ごめん、ほんとごめん！」

「ああー……、はあーっ！」

鏡を握りしめて、ヨシナガが自分の姿を確かめている。どの角度から見ても、切ってしまった髪は戻らないわけだが。

「演歌歌手みたい」

と言った弓はまだ笑いながら、似合う似合うと手を叩く。

夢なら覚めないで欲しい。もう少しだけでいいから、このまま、ただ笑っていたい。

夢なんか見ていないのに。ここにいる間だけ、弓の心は夢のように楽になる。

そんなつもりで寄ったわけではなかったが、思いがけず去りがたい。

恨みがましくヨシナガに見上げられて、園子も同じように上を向いていた。

「だって、学校出てないんだもん」

「予想、超えたよー！」

ヨシナガが、立ち上がって、鏡を前に掲げながらうろうろとそこら中歩き回った。

タイヤの修理を終えた雄二と真貴、歌川も、営業所から騒ぎを聞きつけて顔をのぞかせた。

「え、なに。どうしたの、あっ！」

雄二がヨシナガを見て、一歩下がる。

「ああーっ！」

真貴が指をさして、体を前にのり出した。

「……あははは！　似合うじゃん？　似合うじゃーん？」

歌川は、雄二をばしばし叩きながら笑い、ヨシナガのほうへ駆け出した。

レゲエが坊主に早変わりだ。歌川がいたく気に入ったようで、チクチクする！　チクチクする～！　と言いながら、ヨシナガの頭を撫でていた。

騒ぎを聞きつけた大樹と二三子も、母屋から出てきて、顔をのぞかせる。

「あ」

「あ」

ふたりはヨシナガを見ると同じ声を出し、それから笑い合った。二三子は園子と目を合わせ、小さく頷いてみせると、また母屋に引っ込む。ドアを閉める前に、二三子が、イイねと言いたげに小さく親指を立てていた。

二三子は、あれでいてノリのいいところがあるのかもしれない。こはるの取材のとき、園子と二三子は、けっこう気が合っていた。

なんでもないことを、なんでもないときから話せる相手がいると、人生が少し楽になる。弓は今、そう思う。

喧嘩だって、生きているからできるのだ。

こはるちゃんが、帰って来てくれてよかった。

生きていてくれて、よかった。

おばあちゃんは、死んじゃったけど。

「……あ」

ぱちんと、ヨシナガが自分の首筋を叩く。

「もう蚊が……」

「髪なくなっちゃったから」

誰が刺されたの刺されてないのと盛り上がる。

「蚊取線香、どっかにあった。……はず」

「姉ちゃんはなんでもかんでも、奥に突っ込んで忘れすぎ。ハムスターか」

「は？　誰だっけ、エロ本しまい込んでたの。誰だったっけなあー」

かつてはちゃんと育てようとしたのだろう、植木や庭木とも言いがたいようなワイルドな緑が、中庭でそれぞれ好きなように伸びて、風に揺れていた。

中庭から夜空に、賑やかな笑い声が連なって昇っていく。

屋根と屋根の間に広がる空に浮かぶ月は、まん丸だ。

「かゆい、首かゆい！」

「よっしー、よっしー待って」

ヨシナガがまたウロウロ歩き出す。まだ、首回りに残る毛を払ってやろうと、園子が追った。ヨシナガが、ぎっと園子に歯をむき出した。

ヨシナガのよく動く顔を見て、弓は腹を押さえた。

「お腹痛いお腹痛い」

ああもう、おかしい。いろいろ、おかしい。

ヨシナガが、ガクンとうなだれると、坊主頭のつむじがよく見えた。

右に巻いているようでいて、途中から逆に小さく左に巻いてもいるのだ。ヨシナガの頭にはカオスがある。

「あはは、ね、おばちゃんおばちゃん、見て見て」

進が仮眠室のカーテンを勢いよく開けると、こはるはまだ腕を突き出し、背筋をピンと伸ばして神妙な顔でエロ本を開いていた。

「……いつまで読んでんだよ！」

へなへなとしゃがみ込んだ雄二が、ひっくり返ったような声で叫ぶ。

「……もう何時間？」

「……引っ込みがつかなくなっちゃったみたい」

「……そんなに読むところあるか？」

真貴と進と歌川が、ひそひそと顔を寄せ合う。エロ本を前に突きだして広げていることはるの腕がぷるぷるしていないので、とっさに読んでいるふりをしたのだなと、弓はこっそり笑った。

「よっしー。髪払うから、よっしー、こっち座って」

園子は、こはるの挙動を見ないふりをしたいのか、本当にヨシナガの髪の始末が気になるのか、中庭から一度ちらりと騒がしい営業所を見ただけで、うろつくヨシナガを追いかけ回していた。

ヨシナガは、諦めたのか中庭に戻って、おとなしく椅子に腰掛ける。

真貴と進と雄二は、それぞれの用事に戻るようだった。

歌川が弓の隣に腰掛けた。

「よかった、やっぱりこっち顔出して」

おばあちゃんのいない家は、供養が終わって祭壇がなくなったら、きっと妙に広く感じるだろう。お仏壇のマッチが湿っているのかなかなか火が点かなくて、弓は買いに出たついでに、お礼がてらここに顔を出した。

「元気出た？」

歌川が、いつものように弓の顔を覗き込んで聞く。

「出た出た」

弓は、はあと体の中から力を抜いた。あんなふうにただ笑うまで、弓の体はひどくこわばっていたようだ。

案外死んだおばあちゃんが、来させてくれたのかもしれない。いや、旦那が、おつかれさまと労ってくれたのだろうか。そんなことを考えると、笑いがこみ上げてきた。

そんなわけない。

そんなわけあるか。

「うん。あーおかしい」

弓の目から涙がつーっと、こぼれてゆく。

いかんいかんと、弓は親指で拭うが、また涙が視界をぼやけさせた。

「泣くほどか？」

散々笑ったあとこみ上げたのは、涙だった。ヨシナガが、園子が、みんなが、そして誰よりも笑っていた歌川が弓を笑わせてくれた。だからこうして泣けたのだ。弓は笑いながら目尻を拭った。

「うん……んふふふ……」

歌川が、弓の頭に手を置く。

撫でてくれる手が温かくて、弓は困った。

「ふふ……。やあねえ、なんだろ、おかしいよねえ」

泣き笑いをしながら、歌川に頭を撫でられているのを、こはるは黙って見ないふりをしてくれていた。

「……おかしくないよ」

歌川が、小さく言ってくれる。嬉しい、困る、やっぱり嬉しい。帰ろう。

弓は、席を立った。

「……さ、戻らなきゃ」

歌川が、外で作業をしている面々に向かって、声をかけた。

「俺、もう上がっていいのー？」

「いいよー」

そう応えた真貴が駆け戻ってきて、あとは片付けだけだからと言って、洗面所に入っていった。

「もうちょっとここにいれば？」

歌川が、弓の服を引く。

「つぐみが待ってるから」

手をそっと重ねてから、笑って首を振ると弓は離れようとした。

「送ってくよ」

けれど歌川は、手を離さなかった。

「……わかってる？　ご近所であなたけっこう噂の的だよ？」

故人を見送る最中でさえ、さざ波のような声と、刺すような視線は続いた。

「若いツバメ？」

もちろん、ご近所に限らず昔のことも忘れてはくれない。弓はあの目も声も嫌というほど知っている。しばらくどころか、ここを離れないかぎりは、なんなら墓に入ったあとでも、好き放題言われるかもしれない。

「ふふ」

かもしれないなんて。ずいぶん楽観的になったものだと、弓は思う。

「言わせとけよ」

「いいの？」

いいわけない。でも、今は歌川といたい。

「ツバメって柄じゃねえもん」

「……ありがとね」

娘とはもう、あといくらも一緒には過ごせないだろう。そう遠くない未来に、巣立つ。

「行くか」

行くか。そうか。そうだ。

娘は大きくなった。

弓は改めて、今日まで自分の中にぱんぱんに詰まっていたものが、溶けていくような気がした。

「こはるちゃん、もう帰るね」

「もう行っちゃうの？」

「だってこはるちゃん、ずっと読書してるから」

こはるはまだ、エロ本を手にしたままだ。なんて不器用な人だろう。

「あ……」

「いいの。どうせ明日も来るし」

「仕事、落ち着いてからでいいんだよ」

今夜はまだ、こはると話すのが怖かった。

こはるはいつも、弓が具合が悪くなると、誰より先に気がついてくれたからだ。よく保健室に連れて行ってくれた。

まだだめだ。

話して泣いて楽になるには、まだ早い。

おばあちゃんは、ひとりで死んだ。弓が殺した。やっぱりどうしてもそう思う。

「うん。おばあちゃんいないから、することなくってさ」

「……じゃ、お茶しよ」

「しよしよ。グチりたいこと、いっぱいあるんだ、ほんと親戚のやつらが」

親戚の悪口なら、弓も罪悪感がない。

おばあちゃんが生きていたときは、ろくに近寄らなかったくせに、わらわらわらわら、わいて出て、口うるさく、言いたいことを言いたいだけ言う。

葬儀のときだって、お堂の座布団も、つぐみがひとりで片づけた。

でも、おばあちゃんと親戚の距離は、弓と無関係ではない。

「行くよ」

歌川が、弓を呼ぶ。

「はいはい。じゃ、また明日」

「また明日ね」

ありがたかった。また明日。弓には来るところがある。大丈夫。

戻ってきた雄二が、弓を労ってくれた。

「おつかれさま。気をつけて」

「ありがとう」

「弓ちゃん」

こはるが、弓を呼び止めた。

「うん？」

「悪くないからね。弓ちゃんは」

こはるの声が、ふわっと柔らかく弓を包む。

「……いなくなったら、もっとスカッとするかと思ってた」

「うん」

雄二が、静かにこはるを見ていた。

「大嫌いだったのに」

「……うん」

こはるは、ただ弓に気持ちを傾けてくれている。

家に帰る前に。つぐみの元へ戻る前に。

こはるは、自分は悪くないと決めてしまえと言ってくれているのかもしれなかった。

ああ、そうか。

覚悟だ。決意だ。

度胸ではなかった。

「おやすみ」

「おやすみなさーい」

雄二が、歌川にタクシーのキーを投げてよこす。

「タイヤ、助かった。ありがとう」

歌川は、雄二にピースをしてみせた。

2

園子に髪を払ってもらいながら、ヨシナガが、中庭で鼻歌を歌っている。

営業所のソファでくつろいだ猫のように伸びている雄二には、それがなんの歌かわからなかったが、聞いたことがあるような気がしないでもない。風に当たりに中庭の椅子に行きたかったのだが、邪魔するようで足を止めた。

どのみち中庭に続く引き戸は開け放たれていて風も通る。

「あれ？　坊主頭、気に入ってきた？」

園子にグリグリと頭を撫でられて、ゆーらゆーらと揺れながら、ヨシナガは言った。

「これは……転換期だ」

「は？」

「俺の」

俺の転換期。

雄二は胸の内で、反芻《はんすう》した。

「たまに難しい言い方するよね。どこの国の人なの？」

「日本人だ！」

ヨシナガのイントネーションは、どこの国のものともつかない独特の音階だ。

「あはは、転換期だと、泣くのか」

「うん」

中庭から聞こえる二人の会話が雄二の瞼を閉じさせた。

雄二は、鼻の奥が痛くなるので、泣くのは苦手だった。

そもそも泣いて楽になることは、なかったように思う。

だから、無駄だ。そう思ってきた。

「牛に踏まれたときにも？」

「そう。牛は寝たから、一晩足踏まれてよ」

「うん」

雄二はソファで丸くなる。

それは痛い。

それは泣く。

しかたない。

「俺は、夜が終わるのを待つでしょ」

「そうね」

待っても待っても、夜が終わらなくて、ヨシナガは泣いただろう。

踏まれた足は、さぞ、痛かっただろう。

「待ちながら、牛がどいたら、出かけようと思ったね」

「へえ、それで？」

自分を踏んづけている何かがどけば、どこにだって、出かけられる。

出かけられるはずだった。

自由になるはずだった。

自由になれば、希望があるのだと思ったことが雄二にはあった。

雄二は雄二でしかないのに。

なにか別の、きらきらとしたものになれるわけでもない。

どこに出かけるのか。

なにをするのか。

なにができるのか。

「それで、ここ来たんでしょう！」

雄二は、ゆっくりと目を開けた。

「え？　わりと最近の話だね？」

「むう」

ヨシナガは、腕を組んで頷いている。園子は、ヨシナガがじっとしている隙にと、まだまとわりついた髪を、払ってやっていた。そして同じく、ふむ、と呟き腕を組む。

「……転換期か」

園子の声が、雄二の中で、風鈴のように鳴った。祭りの夜、本当はあれが欲しかった。

「ありがとね。専門学校時代思い出して楽しかった」

久しぶりに聞く、晴れ晴れとした園子の声だ。

「お前、もっと切れよ」

「もう切るとこないよ」

「園子は美容師！　なるでしょ！」

園子は一瞬真顔になって、それからそっとうつむいた。

「似合ってる似合ってる」

雄二は中庭で涼むのを諦めた。

「はい、おつかれさまでしたー」

園子の呑気な、けれど髪を切り終えた嬉しさの滲む声に雄二の口元がゆっくりとゆるんで、ふわあと小さなあくびになった。

カーテンが開きっぱなしの仮眠室に向かうと、中にいた真貴がなにかをさっと隠して、とってつけたように笑う。

「車どうした？」

中庭から入ってきたヨシナガが、真貴にきく。

「スペアのタイヤ全部使ったから、半分は生き返った」

そうか。雄二が真貴に、目を合わせて頭を下げると、真貴は、ううんと照れた。

「髪、気持ちいー……」

ヨシナガが自分のうなじを撫でている。

「聞いてんのか」

今にも小突きそうに言った真貴ではなく、ヨシナガを追ってきた園子が、後ろから坊主頭にポンと手を置き、そのまま髪の感触を味わっている。

「なんかごめん」

園子の目は、真貴の作業着のひざこぞうの白い汚れを見ていた。それからまた、ヨシナガの坊主頭に戻る。

「モーはまだ、帰んないの？」

真貴は、まだ帰り支度をしないようだ。

「ガレージ、もう少し掃除してく」

雄二は、合わせた目をなんとなく離しがたかった。

「さっぱりだー！」

ヨシナガがいきなり叫ぶ。

「静かにしなさいよ。……俺も帰るね、明日早いし」

帰り仕度を終えた進が、重そうに足を運んで戻って来るなり、ヨシナガをたしなめる。

「うん」

真貴が、進の荷物を渡してやる。

「鍵は？」

「やっとく」

「あ、雄ちゃん。鍵閉めるとき、電気、消さないでね、イタズラ防止だから。……おばちゃん、大丈夫？」

雄二は頷いた。

「仲良くやってよー？　あ、ふたりじゃないよ？」

「わかってるよ」

　真貴が、笑う。

「おやすみ」

　進は、いつもの調子で忙しなく手をあげ、帰って行った。

「雄ちゃんは？」

「どうしよ。眠くないしな」

　ガレージの片付けを手伝うつもりだった。

「こないだの、ドライブ行く？」

　ひょいと、真貴が顔を近づけて内緒話のように囁く。

「今から？　え、体力あんの？」

「わたしの職業知ってる？」

　つり目なのに、黒目がちな目を合わせてきた真貴が、髪をファサッとなびかせて笑う。

　これか。雄二は進の言葉を思い出した。

「行く」

　なぜかヨシナガが割り込んできて答えて、真貴に小突かれそうになったが、うまく逃げた。

「あんたはいいよ。雄ちゃん、どうする？」

母が営業所の流しにやってきて手を洗いながら、タオルを探して振り返る。目が合ってしまった。

「……今日は、やめとくわ」

「……うん」

すぐ休む気にもなれず、雄二はソファに腰掛ける。

真貴は、ひとりでガレージへと向かった。

ちょうど大樹も、母屋から憮然とした顔で営業所に入ってきた。母を前にして、どんな顔をしたらいいのかわからないのだろう。

母は、ぱかん、とお茶っ葉の入った缶を開ける。

「二三子さんは？」

ダイニングチェアを引く大樹に訊ねると、大樹はただ頷いた。

「……うん」

「そっか」

たぷたぷたぷと、母はポットから急須に湯を注ぐ。言葉が続くものだと思っていた雄二は、大樹と母の会話に、思わずソファから体を起こして割り込んだ。

「え、うんだけでわかった？」

「わからないけど」

「だだ、大丈夫。大丈夫」

園子が中庭から入ってきて、大樹の隣に座った。

大樹を、園子が肘でつつく。わりと強い。あれはけっこう痛いはず。

「ごめん……ご、ごめんなさい」

「はい」

大樹がちゃんと謝れるように、園子はこちらにやってきたのだろう。

「もういいんですか？　エロ本」

母は、雄二の前にお茶を置くと、けろりと言った。

「……前も読んだし」

「ははっ」

「ふ、ふふ」

「もー……、やめてくれよ」

園子の前にも、大樹の前にも、そして母の前にも、お茶が並ぶ。茶柱は、どの湯呑みにも立っていない。

「トモー、まだあいてるよ？」

営業所の引き戸をいきなり開けたのは、クレヨンを全色使ったように派手な服の若い女性だった。一同に、ひょこりと会釈して、ひらりと回るように引っ込んだ。

その直後、バン、と強く引き戸のガラスに大きな手のひらが打ち付けられる。

そこから、ズルッと崩れ落ちるように、堂下が営業所の中へと倒れ込んできた。

「堂下さん?」

母が、腰を浮かせる。

「夜分すんません、この人、いいすかね?」

ここまで肩を貸してきたらしいスーツの若い男が、堂下の後ろからぬっと現れた。堂下はいきなり明るい場所へ出て眩しいのか、男の足下で何度も自分の顔を手で撫で回している。

へたり込む堂下の体を、男はがっしりした両腕で抱えて、後ろに倒れそうな背を押しながら、なんとか中へ入れようとしていた。

「え?」

園子は、堂下のあまりの変わりように、狼狽えてろくに言葉がでないようだった。

「おい友國、んなとこ連れてくんなよ」

「家教えてくんないからでしょ」

堂下は、友國と呼んだ若い男の腿をはたき、顔を上げて、営業所の中を見回した。

へへ、と緩んだ堂下の口元は、唾液で濡れて饐えた臭いがする。途中、吐いたのかもしれない。雄二と目が合っているはずなのに、堂下の目はうろうろと彷徨って、焦点が怪しい。

雄二は父を思い出す。こんなふうに焦点の怪しい父と目を合わせまいとすると、決まって、なんだその目はと、急に血相を変えて殴られたことを思い出す。

立ち上がろうとしてゆらりと体を揺らした堂下が、傾いでいくままの加減のない力で、どっと友國に倒れ込んだ。まるでタックルでもするように、友國の脇腹にぶつかる。

「いてえ！」

友國がダイニングテーブルにぶつかり、テーブルの脚が床を擦る耳障りな音が響いた。

雄二の隣で、園子が首をすくめる。

「……いやちょっと、酔っちゃったみたいで。つか、俺が来たときにはすでに酔っ払ってたんすけど」

男は舌打ちをしながら、尻餅をついている堂下の腕を摑んで立たせてやろうとする。

それを振り払った堂下が、けたたましく笑い出した。

「はは、仕事中ほんと、すいません！」

呂律が回っていない。頭を下げようとして、がくりと首が揺れる。

「大丈夫？」

母が、声をかける。

「お酒飲めないって言ってたのに」

園子が、かすれた細い声で呟く。緊張で喉がしまると、こういう声が出るのだ。

いつもの堂下とあまりの違いに、園子は打ちのめされているようだった。酒を勧められても、決まって固辞する堂下は、いつも誰に対しても礼儀正しかった。息子のことを話すときの、堂下のはにかんだような、それでいて抑えきれないような喜びに紅潮した顔が浮かぶ。ときおり、電話を気にしすぎていて、それもまた、雄二たちの知らないまともな父親のようで、雄二は面白いなと好ましく思っていた。

見かねて駆け寄ろうとする母の腕を、大樹が強く摑んで押さえる。

「兄さん、荒れちゃってんすよ」

「荒れてねえよ、馬鹿」

ああ、だめだ。

知ってる。

これは、羨むようなまともな父親ではなく、自分たちがよく知っている類いのクソ親父だ。

「堂下さん、どうかした？　何があったの？」

母は、大樹の腕を振り切って、駆け寄ってしまった。

だめだ。あんなふうになってしまった堂下を、本当に助ける気があるなら、強く拒まなければ。なのに、母は駆け寄ってしまうのだ。堂下は、大丈夫ですと繰り返す。

「ねー、トモ行こう。ひな、もう帰りたい」

最初に顔を出した女が、友國のスーツの袖を摑んで、さらに腕にしがみついた。

「息子さんのことで、ちょっとね」

友國は堂下から遠ざけるように、ひなを腕からはがして背の後ろへ押しやる。

「おー、言うんじゃねえ、この野郎」

また、堂下が叩こうとするが、友國は慣れたしぐさでひょいと避ける。

「息子さんに、なにかあったの？」

母は、思い詰めた顔をしていた。こんな姿を見てなお、堂下を本気で心配していた。

「あ、違う違う」

友國が、手を振りながら言った。

「違う違う違うへへ……」

堂下は、大きく手を振りながら、そのまま顔から突っ伏すようにして、唐突に寝てしまった。友國が、堂下を見下ろしながら、ぼそりと呟いた。

「息子さんになにもないって言うか、むしろ――」

男はそこで、言葉を飲み込むが、

「金づるだったんだって！」

友國の背から、顔を出したひながあっけらかんと言い放つ。友國は一瞬、痛みを堪えるように顔を歪めた。

「え？」

母は、堂下に差し出そうとしていた手をそのまま宙に浮かせて、止まった。

「兄さんの金でね、バイク買ったりクスリ買ったりしてたらしいんすよ」

「大学資金って……」

母は、堂下と、話したことがあったのかもしれない。

堂下が嬉しそうに雄二にした息子の話を、もっといろいろ話したのかもしれなかった。

「ま、珍しい話じゃないですよね？　世のクソガキってのは、考えることは一緒っつうか」

堂下が馬鹿なのだと言いたげに、なのに悔しそうに友國は吐き捨てる。

「前に、トモ、そう言ってたもんね」

ひなが、どこか得意げに言って、友國を見上げて笑った。

「息子が金遣い荒くなってるんで、元かみさんが？　息子の携帯見て電話してきたらしいっすよ」

友國は、ひなの頭を撫でながら、いびきをかきだした堂下を見ている。

「そうなの……」

　母は、痛ましいものを見るように眉を寄せて堂下を見ている。雄二の腹の底には、冷たいものがたまっていく。

「気の毒ですよね、せっかく汗水たらして働いたのに」

　友國は、堂下の腕の下から手を差し込んで、床から起こしてやろうとしていた。そのまま、転がしておけばいいのに。雄二はそう思った。

「くそったれ」

　堂下が、吠えた。また、園子の体が縮こまる。それでも、園子の体は自動的に動いた。

「水飲ませよう」

　母が、園子の持ってきた水を受け取る。

「堂下さん、お水」

　堂下はまだ唸っていて、床を這いずっている。

「でもさー、もともとこの人が悪いんじゃないの」

　ひなの可愛い声が、堂下の唸りを切り裂いて響く。友國は、それを無視して、母の渡す水が飲めるように、堂下の体を支えようとした。

「いらない、いらないっす」

　堂下は、水を拒もうとして、母の手からコップをたたき落としてしまう。ガラスの割れる音がした。聞き慣れた音だった。

「そもそもテメエがアル中でシャブ中で家捨てたんだから」

ひなの可愛かった声が、低く吐き捨てる。

みな、一瞬息を飲んで、動きを止めた。耳を疑う。

「言うなってそういうこと」

友國が口をふさぐ手を、ひなの異様に華奢な白い腕が払って、鋭い声で続ける。

「え、トモが言ったんじゃん！」

ああ、そうか。雄二は気がついた。このひなという娘は、堂下のために友國が傷つくことに、ずっと怒っているのだった。

堂下が、呂律の回らないまま、唸る。

「おお、俺が悪いよ馬鹿」

「わたしが娘なら、おっさんのこと利用しつくすよ」

友國が、さっきひなに払われた腕を摑んで、そのまま引き寄せる。

「やめろって」

「ねえもう行こう？　ひな、つかれた」

ひなは引かれるまま友國の胸に飛び込んで、甘えたような声で言った。堂下の側から、友國を離したいのだろう。守るように内側から強く友國を抱いて、堂下を見る。たぶん、雨上がりの道路でもああいう目で、潰れた蛙を見るのだろう。

「すいません、ちょっと寝かせてもらっていいすか？　家わかんないんで」

「はい」

堂下のために、頭を下げる友國は、父のために頭を下げて回る母に重なった。ためらいもせず、返事する母に腹が立つ。

堂下は、まだ這いずり回って、へへとだらしなく笑っている。

「大丈夫大丈夫……へへへ」

「休んでったほうが」

友國が、ひなをひっつけたまま、堂下の丸まった背に手を置く。

「うっせえなお前は」

堂下は、手を払うと、腕を床につけて体を支えながら、友國の脛を蹴った。

「った」

友國のスーツが、堂下の靴底の形に汚れた。生地も仕立てもいいのに、どこか古くさい形のスーツは、友國にはあまり似合っていなかった。

堂下は、友國を見上げた。友國は、悲しいような悔しいような顔で目を逸らす。

「いいよ行くから、出てく出てく」

立ち上がろうとした堂下は、よろけて、近くにあった椅子を引きずって、大きな音を立てて倒れ、とっさにかけよった母と大樹が支え、体を打ち付けることは免れた。

「動けないでしょ、堂下さん」

母が、堂下をなだめている。

「うわなんか……懐かしいかんじ」

園子は、怯えて飛び退きながら、減らず口を叩いたが、細い指が震えていた。

「ね寝てていいよ、お前」

大樹が、堂下を押さえながら園子を振り返る。

「行こうよ、トモー！」

ひなは大きく友國の腕を揺すり、地団駄を踏み、どん、と強く背を打った。

強く引かれてあいた胸元と、腕とに、入れ墨があった。雄二は、今頃気がついて、じわりと汗が噴き出てきた。この男に、堂下は兄さんと呼ばれている。

「わかったって……すいませんね、兄さんまた」

「おう、行け行け」

ひらひらと、堂下が手を振る。

「いや、持ってってくださいよ」

雄二は、自分の口から出た言葉に驚いた。

「冷めるまでなんで」

「もう、うち閉めるんで」

逆らったら、まずい相手だ。なのに、止まらない。どうしてもだ。

「やあ、少しだけ」

「迷惑なんですよね」

愛想のつもりか、へらへら笑おうとしながら、目は笑っていなかった友國の口元から、形だけだった曲線が消えた。友國の整い過ぎた眉が跳ね上がった。

「おめえんとこの社員だろ？」

恫喝するような低い声で、胸ぐらを摑まれた。駆け寄ろうとした大樹より早く、母がするりと割って入って、雄二の胸を押さえた。しがみつくように、雄二が腕をのばせないように。どこにそんな力があるのだろうと思うほど、強く。

「雄ちゃんいいって。行ってください、ね？　行ってください」

「おー……、行け行け」

堂下がしっしと犬を追うように手を振りながら、また床を這いずっている。

「ったく……どこまで落ちる気だよ」

吐き捨てた男の目が、一瞬揺れたのを雄二は見てしまった。

「おい、なんつったお前」

堂下がまた、ゆらりと揺れて立ち上がって、男に摑みかかる。

「あー……、すいませんすいません」

面倒くさそうにあしらおうとしている友國は、堂下を本当は諦めきれずにいるのだ。その辺に捨てたってよかったはずだ。でも、ここまで連れてきた。

「堂下さん」

「か、母さん！　い行かなくていい」

懲りずに止めに入ろうとする母を、大樹が引き止める。

「落ちて悪かったな」

「すいませんって」

友國は、これ以上、堂下を見るのが耐えがたいようだった。それが、たぶん堂下にも伝わったのだろう。堂下は、また吠えた。

「俺も落ちたくて落ちたわけじゃねえよ！」

「堂下さん」

母が、大樹を振り切って、また駆け寄ってしまった。

「うっせえ、どけよ」

堂下は、加減のない力で、母を振り払おうとして、突き飛ばした。

母は、ふっとばされて、摑まろうとした机に強《したた》か体をぶつける。一緒に倒れた椅子にさらに摑まろうとして、そのまま床に尻餅をついた。

気がついたら、雄二は堂下に飛びかかっていた。

どっどっどっと、体の中で、心臓が送っている血液が音を立てて沸騰して熱くなったような気がした。体の中を湯が駆け巡っているようだ。

母の淹れたお茶を、やっと揃って飲もうとしていたのに。

「なんなんだ、お前、なんなんだこら」

雄二は何度も何度も、堂下を蹴った。堂下の酔った体は、ろくに逃げられず、生暖かい柔らかさで雄二の足を沈めた。靴底にまとわりつくような柔らかさが気持ち悪かった。ずりずりと逃げる堂下は、闇雲に蹴り返してきて、雄二のみぞおちに当たる。一瞬、吐きそうになるが、だからなんだと思った。雄二は、堂下の胸ぐらを摑んで、顔を殴ったが、頰骨に自分の拳の骨が当たって、やたらに痛かった。

「雄ちゃんやめて」

「誰に手あげてんだお前、ふざけんじゃねえぞ」

堂下が吠えながら闇雲に振り上げた腕が、雄二の顎に当たる。よけると、今度は腹をめがけて頭突きをしてきた。どっと、重い音がした。けれどそれは、倒れ込むように体の重さがかかっているだけで、ふんばっていられないぶん、弱々しい。

堂下は頭突きをしてきたのではなく、振り上げた自分の腕の勢いに負けて、倒れ込んできただけだったのかもしれなかった。それでも、雄二は、もう一度堂下の顔を、痛む拳で殴りつけた。吹っ飛ぶ堂下と一緒に、雄二もよろけて膝をつく。さっき、腹を殴られたからか、急に気持ち悪くなって、雄二は少し吐いた。水のような、胃液のような、少量の苦い液体が、口から糸を引く。

「行こうよ、トモ」

ひなの怯えた声がした。いや、と友國の声がしたが、それ以上雄二にはわからなかった。

「お前がろくでもねえんだろが、全部お前のせいだろが」

何度殴っても、何度蹴っても、堂下は救いを求めでもするように、手を伸ばしてくる。切れた口の端からは唾液がたれ、粘りけのある鼻血が顎を伝って、床にしたたる。

堂下が吠えている。

「おおお」

堂下は、吠えていたのではなかった。だらだらと涙も唾液も鼻水も吹きこぼしながら、泣いていた。泣いて、雄二にしがみついてきた。

「お前のせいだろが、お前が壊したんだろうが」

雄二は初めて、父を知った気がした。恐ろしい暴君だった父は、自分より弱いものにしかすがることができない、目の前の堂下のように、ただ弱く無力な中年男に過ぎなかった。

「雄二！」

大樹が、羽交い締めするように雄二を抱え込もうとしてくるので、それをはずそうとして雄二は肩を摑む。大樹の肩は記憶より厚くて、あれこんなんだったっけと頭のどこかで思うが、それで足や手が止まるわけではなかった。固いものがぶつかる感触が、何度も自分自身の骨に響く。

「お前のせいだろうが！」

「お、親父じゃないんだよ」

大樹の声が、聞こえた。

「………」

雄二は、堂下に摑まれた自分の腕が思うように上がらないのを感じた。

「おおおおお」

堂下は、身も世もなく泣いている。

雄二の父はもう死んでいる。もう殴らない。堂下のように、なにかをやり直そうなんて、希望を持つことはないのだ。

とりかえしなんてつくはずないのに。過去を変えることはできない。

堂下は、弱くて愚かだが、たぶん正直だ。正直に何かを喜び、何かを夢見ることができるのは、生きているからだ。けれど、堂下もまた、いつも正しいことを選べないまま、ここまで来てしまったのかもしれない。

「お父さんだってな、お父さんだって、あの夜どんなに嬉しかったか……、あの夜はなんだったんだよ？　あの夜なんだった？」

たぶん、今ふりしぼった声で、堂下が呟き込む。

「……ただの夜ですよ」

母の声が、響いた。

大きな声ではなかった。

「あの夜……」

あの夜と繰り返す堂下の声が、すすり泣きになって途切れていく。

「自分にとって、特別なだけで、他の人からしたら、なんでもない夜なんですよ」

堂下の喉が、ひゅーひゅーと鳴った。もう嗚咽にもならない。

「でも、自分にとって特別なら、それでいいじゃない」

雄二は、堂下に摑まれたままの腕を、振り払うことができなかった。もう腕がしびれて上がらない。それほどに強い力で、離すまいと堂下は雄二の腕を握りしめていた。

「……はい」

か細い声で母の声に答えると、堂下の指がふいに外れ、そのまま落ちた。堂下はもう、体を支えることができなくなり、へなへなとくずおれた。

エピローグ

真貴が、ガレージに置きっ放しになっていた汚れたリュックを持って、駐車場をとぼとぼと歩いている。

パンクしたタイヤの交換作業はみんなで手分けして、今夜のうちにできることはした。けれど、まだパンクしたままの車が目に入ると、体が重くなる。

しゃがんで作業していた足がだるい。

雄二が東京から帰ってきたあの夜に似た、群青の空は、まだ朝に届かない。

真貴にはリュックが少し重くて、両手で抱え直す。

「それ、俺のでしょ」

声がしてそちらを見ると、ヨシナガが、もうすっかり見慣れてしまったカントリーファッションで立っていた。

だが今はもう、いつも弧を描くようにヨシナガの動きを追っていた、長いドレッドヘア姿ではない。園子が切りすぎて丸坊主になった髪も、ヨシナガにはよく似合っていた。

「これ？　ガレージに置いてあったよ」

「俺の」

「なに、ずっとガレージに置いてたの？」

ヨシナガは答える代わりに、にこにこと笑って、真貴の手から、ひょいとリュックを取り上げる。真貴には重かったリュックを、ヨシナガは軽々と肩に引っかけた。

「お前、ドライブ行く？」

「もう行かないよ」

「連れてけよ」

雄二とは、結局ドライブに行かないままだった。

「金取るよ」

ヨシナガにつきあう気になれずに、真貴はそっけなく返した。ヨシナガはいつだって素っ頓狂なことを言うくせに、見ないふりをしたいところを、あらわにしてしまう。

「いいよ」

ヨシナガが、ひどく穏やかに返すので、真貴は思わずまじまじと見てしまう。

「え？　どこか行くの？」

ヨシナガは、静かに頷く。いつもの賑やかさも、たまに見せる焦れたような気配もない。

はっきり問うのがためらわれたが、真貴はまっすぐヨシナガをみつめて言葉にした。

「……ここ、出てくとか？」

「うん」

やはり、ヨシナガは静かに答えて、頷く。

「今夜？」

「転換期」

ヨシナガが、空を仰ぐ。

駐車場から見上げる空は、まだ群青のままだ。

「は？」

転換期。ヨシナガの口から出た言葉が、真貴の中に白く爆ぜた。

「俺がよ、お化けになってやろうか」

ドライブもいいかもしれない。思い切り、風になって走るのは気持ちいい。

そうだ。真貴は、もともと走るのが好きなのだ。

＊

稲村家の家族と、堂下だけになった営業所に、すー、すー、と静かな寝息が響いていた。

雄二は、この静けさを知っていた。

ものが壊れたあとは、雪の積もった朝のように耳が痛いほど静かになるのだ。

園子が持ってきた毛布を、母が堂下にかけてやる。雄二の足は、動かなかった。だが、目を逸らさずに、じっと見ていた。

堂下は、営業所の床に荷物のように薄汚れたまま、ただ転がって、死んでしまったのではないかと思うほど、深く静かに眠り込んでいる。

毛布をかけたあとも側を離れない母の横で、雄二と園子はただ、突っ立って、堂下を見下ろしていた。毛布が緩やかに上下して、堂下が呼吸していることがわかる。生きている。堂下は、生きている。

大樹は、堂下が静まってすぐ、ひとり中庭にふらりと出ていき、長年置きっ放しになっている椅子に座っていた。雄二も、カラカラと引き戸を開けて、中庭に出る。

夜の風が肌を、髪を、傷を、撫でていく。少し湿った冷たい風は心地よくて、けれど、傷が熱を持ってうずいた。

煙草を取り出した大樹の隣に、雄二も座る。大樹は、曲がった指で、ライターをカチカチと鳴らしていた。どうしてもうまく火を点けられない大樹の曲がった太い指から、雄二は空へと目を逸らす。

「あ。また飛行船」

いつかのように、並んで中庭からまだ夜の明けない群青の空を見上げて、また雄二が先に飛行船を見つける。

何度工夫して試しても、大樹の曲がった指はライターをうまく使えない。

雄二は、大樹の手からライターを取り、火を点けてやる。

「煙草やめろよ」

大樹は答えず、煙草を大きく一服すると、肩を大きく上下して長い息を煙とともに吐いた。

営業所と中庭を隔てる引き戸のガラスは、しばらく拭き掃除をしていなくて、なんだか曇っている。その向こうで園子が、堂下をのぞき込んでいて、まだ母も傍らにいた。

「運んであげたほうがいいかな」

「もうちょっと落ち着いてからね。酔っ払った人って、すっごく重いじゃない」

ふたりの声は、引き戸を隔てて少し遠く聞こえる。プールのあとみたいだった。

雄二は再び、空を見上げる。ぷかぷか浮いている飛行船は、今度はちゃんとデパートの開店記念の文字がペイントされており、窓からオレンジの明かりが漏れている。

「なんで夜間飛行ばっかなのかな」

雄二の呟きに、大樹もゆっくりと空を見上げる。そして、答えはみつけられずに首を傾げただけで、また、煙草を深く吸った。

「夜景好きの人が、操縦してんのかな？　あれ、乗ったらどんなだろうな」

雄二の口からは、いつもより素直に言葉が出てくる。大樹が、飛行船をよく見ようと、すっと首を伸ばして目を凝らした。

こうして丸めた背を伸ばすと、大樹の体は健やかに大きい。営業所の中から母がこちらを見ているのが、大樹を見る雄二の目にも映った。

「ねえ、クビにしないであげてね」

母が言っている。

なぜだか、よく聞き取れなかった。

「む、無人だろ？　ひ飛行船は」

大樹も、母の言葉には反応しないまま飛行船を見上げていた。

「そうなの？」

雄二は、なんだ無人なのかと少し残念に思って、足下に視線を落とす。何年履いているかわからないサンダルの色が、すすけたように褪せて抜け落ちていた。顔を上げると、母が、まだこちらを見ている。

「聞こえてないや」

母の唇が動いているのがわかった。なぜか、少し肩を落としているように見える。園子が、母の側を離れてこちらへやって来て、カラリと引き戸を開けた。中庭には出てこず、そのまま開けた引き戸にもたれかかった。

「クビにしないであげてねって」

「姉ちゃん、なに？　なんの話？」

園子が、母を振り返る。

「ああ」

雄二は、ああとしか答えようがない。

「いい人なんだから」

母の声が聞こえた。

「優しいね」

雄二はぼそりと言った。だが、母にはよく聞こえなかったようだ。

「なに？」

園子が母に、優しいねってと、雄二の言葉を繰り返す。

「優しいよって言って」

「めんどくさいわ」

母の注文に園子がつっこみ、ふたりの笑い声がした。

雄二は空を見上げて、目を凝らす。やはり、人影が見えた気がする。

「人乗ってるじゃん」

「の乗ってないよ」

雄二に大樹が答えて、ふたりでまた空を見上げた。飛行船の窓から漏れるオレンジの光の中に、さっきたしかに見えたはずの人影は見当たらない。

「優しいかな」

母の声がした。雄二が振り返ると、母は堂下を見下ろしていた。堂下は、気持ちよさそうに寝返りを打っていた。

園子が、庭に出てくる。

「なに見てるの?」

「飛行船」

「どこどこ?」

園子は駆け寄ると、一緒になって空を見上げる。大樹が、飛行船を指さした。

営業所から、堂下のいびきが聞こえてくる。

「父ちゃんにも、優しくできたのかな」

母が言っている。園子は飛行船を探すのに夢中で、けれどみつけられずに、大樹と雄二と一緒に空を見上げている。

「どこよ?」

「あっち」

大樹は、園子に飛行船を指さしてやる。

「もう、奥行っちゃった」

雄二が残念そうに、呟く。ただ浮かんでいるように見えた飛行船は、ちゃんとどこかへ進んでいたようで、中庭の上の空を通り過ぎて、見えなくなってしまった。

園子が、ぷっと吹き出して、大樹の曲がった指をさす。

「ってか、大ちゃんその指、どこさしてっかわかんないんですけど」

「え？　あ、そっか」

大樹が、笑いながら自分の指をさらにかざす。曲がった指は、たしかにどこを指しているのかわからなかった。歪な玩具を自慢してみせるように、大樹は笑った。

雄二も、園子も、笑う。

笑い声にひかれたのか、母が、堂下の元を離れて、三人のほうへやってきた。

「なに笑ってんの？」

母が、中庭に一歩踏み出して、引き戸に手をついた。

「これ」

園子が、笑いながら大樹の指をさす。

「え？」

母の顔が、口角を上げたまま、固まった。

「ど、どこ指してると思う？」

「ははは」

「あはは」

大樹は、指を空に突き上げたまま、体を折って笑っていた。雄二も、園子も、一緒になって笑う。口の形だけ、笑っていた母も、つられるように声を出す。

「あ、ははは、は、……あ」

けれどそれは、笑い声になりそこねて、唇は、あ、と丸くぽかんと開いたまま、閉じなくなった。引き戸にかかっていた手が、だらんと垂れ下がる。

「あー……、……あ、あー……」

母の両目から、涙が吹きこぼれた。

開いた足はそのままだが、体の形が変わっていた。

だらりと脱力した腕につられて両肩は前に下がり、背は骨のつぶれた老婆のように丸まって、ひょこりと顎が突き出てしまっている。母は、もう母の形を保てなくなっていた。

雄二は、同じ形を見たことがあった。骨を折った日の病院で。

看護師に支えられて体を起こされた寝たきりの患者が、あんなふうに丸く歪んでいた。この世とあの世とを、波のように行ったり来たりしているような、ここではない場所を見ているような目をして口を開けていた。

大樹の曲がった指を見た母の目は、瞬く間に暗く精彩を欠いていった。

力の抜けた上半身をかろうじて支えている膝も、今にもかくりと折れてしまいそうだ。まだそうならないのは、丸まった背につられて入った腿の力を、うまく抜くことができず、がくがく震えている最中だからに過ぎない。

まもなく母はそのままへたり込み、だらしなく開いた膝も戻さないまま、口を開けていた。

閉まらなくなった口の奥から、低い音が漏れていた。ああ、あああ、と繰り返される唸りだった。

大樹と園子と雄二は、声もなく、ただ呆然と立ちすくんで目の前の光景を見ていた。駆け寄ることすら、できない。

突き刺された棒のように、ただ突っ立ったまま、雄二は理解した。

あの夜、自分たちきょうだいは、父だけでなく母も失っていたのだ。

ずっと、母に似た何かだった生き物が、目の前でいっきに年をとって、崩れていく。母が父を殺した夜から、得体の知れない何かに入れ替わってしまったような空恐ろしさが、剝がれてゆくようだ。しつこくまとわりついて消えなかった苛立ちが、不思議と凪いでいく。

あのひどく冷たい雨が雪に変わった春の夜、母は決壊してしまったのだ。

父を殺しても、大樹の指は、元に戻らない。

母は、今、そのあたりまえの事実に、打ちのめされている。

最初に、体が動いたのは園子だった。母の元へと手を伸ばしながら前につんのめるように向かい、そのままずとんと膝をついて、母の背に手を伸ばす。

大樹は、ぎしぎしと音がしそうなほどぎこちなく、それでも足を前に出し、一歩、二歩、三歩と進んで、座り込んだ園子を支える。

雄二の足は、まだ地面に杭で打ち込まれたように動かない。目の奥に、さっき見た飛行船の窓のオレンジがちかちか光る。雄二はあの色を知っている。あれは、夜から朝の境目の線の色だ。群青を切り裂いて、明けてゆく。

「あ、あああ。あああああ」

園子に背を撫でられながら、母の唸りが中庭を抜ける風とともに空へと響いて吸い込まれていく。雄二の足は、まだ動かない。けれど、足を止める杭のようなものを、あのオレンジがゆっくりと溶かしてくれたらいいと、母の咆哮と風に打たれながら雄二は思った。

＊

真貴は、作業着のままタクシーのドアに手をかけた。ひやりと冷たいけれど、こはるが帰って来てから、いつだってぴかぴかに洗い上げられている車は、ノブまでつるりと磨き上げられていた。

ヨシナガが、タクシーの後部座席に乗り込んで、バンと扉を閉める。

運転席の真貴は、ミラーの中のヨシナガに目を合わせて、慣れた言葉を口にした。

「お客さん、どちらまで」

「西」

「は？」

「東か」

「まじめに言えよ」

「じゃあね……、夜が終わるところまで」

真貴は黙って肩を竦めて、エンジンをかける。重い振動が、体に心地よく響いた。

ヨシナガが窓を開けると、まだ夜の湿り気の残る冷たい風がさあっと入ってくる。

頰に当たる風の気持ちよさに、真貴は、大きく息を吸った。

ヨシナガは、窓から身を乗り出すと、もうなびかない髪のまま、気持ちよさそうに目を細めて、朝を迎える野生の動物のように伸びやかな声を上げた。

本書は、劇団ＫＡＫＵＴＡの舞台作品「ひとよ」（作・演出：桑原裕子）
をもとに、集英社文庫のために書き下ろされた作品です。

集英社文庫 目録（日本文学）

童門冬二　異聞 おくのほそ道
童門冬二　全一冊 小説 立花宗茂
童門冬二　全一冊 小説 吉田松陰
童門冬二　上杉鷹山の師 細井平洲
童門冬二　巨勢入道河童 平清盛
童門冬二　小説 田中久重 明治維新を動かした天才技術者
童門冬二　大岡忠相 江戸の改革力 吉宗とその時代
十倉和美　犬とあなたの物語 犬の名前
豊島ミホ　夜の朝顔
豊島ミホ　東京・地震・たんぽぽ
戸田奈津子　スターと私の映会話！
戸田奈津子　字幕の花園
友井羊　スイーツレシピで謎解きを 推理が言えない少女と保健室の眠り姫
伴野朗　三国志 孔明死せず
伴野朗　呉・三国志 長江燃ゆ一 孫堅の巻
伴野朗　呉・三国志 長江燃ゆ二 孫策の巻
伴野朗　呉・三国志 長江燃ゆ三 孫権の巻
伴野朗　呉・三国志 長江燃ゆ四 赤壁の巻
伴野朗　呉・三国志 長江燃ゆ五 荊州の巻
伴野朗　呉・三国志 長江燃ゆ六 巨星の巻
伴野朗　呉・三国志 長江燃ゆ七 夷陵の巻
伴野朗　呉・三国志 長江燃ゆ八 北伐の巻
伴野朗　呉・三国志 長江燃ゆ九 秋風の巻
伴野朗　呉・三国志 長江燃ゆ十 興亡の巻
鳥海高太朗　天草エアラインの奇跡。
永井するみ　ランチタイム・ブルー
永井するみ　欲しい
永井するみ　グラニテ
永井するみ　義弟
長尾徳子　僕達急行 A列車で行こう
長尾徳子 桑原裕子・原作　ひとよ
長岡弘樹　血縁
中上健次　軽蔑
中上紀　彼女のプレンカ
中澤日菜子　アイランド・ホッパー 2泊3日旅ごはん島じかん
長沢樹　上石神井さよならレボリューション
中島敦　山月記・李陵
中島京子　ココ・マッカリーナの机
中島京子　さようなら、コタツ
中島京子　ツアー1989
中島京子　桐畑家の縁談
中島京子　平成大家族
中島京子　東京観光
中島京子　かたづの！
中島たい子　漢方小説
中島たい子　そろそろくる
中島たい子　この人と結婚するかも
中島たい子　ハッピー・チョイス

集英社文庫

ひとよ

2019年９月25日　第１刷　　定価はカバーに表示してあります。
2019年10月14日　第２刷

著　者　長尾徳子《ながおのりこ》
原　作　桑原裕子《くわばらゆうこ》
発行者　徳永　真
発行所　株式会社 集英社
東京都千代田区一ツ橋2-5-10　〒101-8050
電話　【編集部】03-3230-6095
【読者係】03-3230-6080
【販売部】03-3230-6393（書店専用）
印　刷　株式会社 廣済堂
製　本　株式会社 廣済堂

フォーマットデザイン　アリヤマデザインストア　　マークデザイン　居山浩二

本書の一部あるいは全部を無断で複写複製することは、法律で認められた場合を除き、著作権の侵害となります。また、業者など、読者本人以外による本書のデジタル化は、いかなる場合でも一切認められませんのでご注意下さい。

造本には十分注意しておりますが、乱丁・落丁（本のページ順序の間違いや抜け落ち）の場合はお取り替え致します。ご購入先を明記のうえ集英社読者係宛にお送り下さい。送料は小社で負担致します。但し、古書店で購入されたものについてはお取り替え出来ません。

© Noriko Nagao/Yuko Kuwabara 2019　Printed in Japan
ISBN978-4-08-744030-0 C0193